KB273709

어떤 친구의 마음도 열게 하는

긍정적인 말
40가지

초판 1쇄 인쇄 2008년 1월 25일 l 초판 1쇄 발행 2008년 2월 15일 l 펴낸곳 여우오줌 l 펴낸이 손상열 l 디자인 리젬 l 등록번호 제 10-2193호 l 등록일자 l 2001년 7월 31일 l 주소 서울시 구로구 구로5동 107-8 미주오피스텔 2동 808호 l 전화 02)323-7243 l 팩스 02)323-7244 l e-mail foxshe@hanmail.net l ISBN 978-89-90031-44-0-03800

어떤 친구의 마음도 열게 하는 긍정적인 말 40가지

여우오줌

차례

목표를 이루게 하는 믿음의 말

사랑을 표현하는 예쁜 말

친구와 더 가까워지게 하는 아름다운 말

소중함을 깨닫게 해주는 사랑의 말

친구는 나의 기쁨을 두 배로 만들어 주고
슬픔을 절반으로 줄여 준다.

- 마르쿠스 T. 키케로

신이 우리에게 준 선물 가운데
가장 소중한 선물은 친구입니다.
나에게 좋은 일이 있을 때
친구는 진심으로 박수쳐주고
슬픈 일이 있을 때는
따뜻한 마음으로 위로해주니까요.

첫 번째 사랑의 말 **"넌 특별한 존재야."**

세상에 있는 모든 것들은 하나같이 소중합니다.

벌판에 아무렇게 피어 있는 들꽃.

강가에 무수히 흩어져 있는 조약돌.

가지가 휘어진 채 볼품없이 서 있는 나무.

이외에도 우리가 눈으로 볼 수 있는 수많은 것들은 저마다 가치를 지니고 있습니다. 이런 자연들도 가치가 있고 소중한데, 하물며 사람은 얼마나 소중할까요?

그러나 주위에 이렇게 푸념하는 친구들도 있지요.

"나는 제대로 하는 게 없어."

"나는 공부도 못하고 운동도 못해."

"차라리 태어나지 말았으면……."

이런 친구들은 자신의 가치를 깨닫지 못하기 때문입니다.

단지 누군가와 자신을 비교해서 가치를 결정하기 때문에 진정 스스로의 가치를 알지 못합니다. 만일 친구들 중에 자신을 하찮게 여기는 친구가 있다면 이렇게 말해주세요.

"넌 결코 하찮은 존재가 아냐."

넌 세상에서 가장
특별한 존재야.
정말?

“꽃보다 아름다운 존재는 바로 너야.”

“넌 세상에서 가장 특별한 존재야.”

이런 말은 분명 친구가 자신의 소중함을 깨닫는 데 도움이 될 테니까요.

무엇보다 중요한 것은 스스로 세상에서 가장 특별한 존재라는 것을 깨달아야 하는 것입니다. 그리고 어떤 일이 있어도 자신을 함부로 여겨선 안 된답니다.

두 번째 사랑의 말 "모두들 너를 아끼고 사랑해."

사람은 누구나 가끔 외로움에 빠지곤 합니다.

그럴 때 한없이 외로워지고 주위에 아무도 없다는 생각이 들지요. 여러분도 종종 그럴 때가 있을 것입니다.

부모님이 심하게 야단치거나 약속을 지키지 않을 때,

선생님이 다른 친구들 앞에서 꾸중할 때,

친한 친구가 다른 친구와 더 가깝게 지낼 때……,

이럴 땐 혼자 뚝 떨어진 것만 같아 자꾸만 위축이 되지요.

외로움에 빠진 친구들은 이런 말을 자주 한답니다.

"나는 언제나 외톨이야."

"아무도 나를 사랑하지 않아!"

"엄마는(선생님은) 왜 나만 미워할까?"

하지만 외롭다는 생각이 든다면 조금만 더 깊이 생각해보세요.

그러면 결코 외롭지 않다는 것을 느낄 수 있답니다.

부모님이 여러분에게 심하게 야단치는 것은 여러분이 바르게 자랐으면 하는 마음 때문입니다. 선생님이 꾸중하는 것은 여러분을 훌륭하게 지도하기 위해서지요.

나와 친한 친구도 가끔 다른 친구와 가깝게 지낼 수 있다고 생각해보세요. 때론 그 친구에게 나 말고도 다른 친구가 필요할 테니까요.

여러분, 아무도 자신을 아끼고 사랑해주지 않는다고 불평하는 친구가 있나요?

그렇다면 그 친구에게 말해주세요.

"모두들 너를 아끼고 사랑해."

"다들 너를 얼마나 좋아하는데."

선생님이 가끔 혼내는
것은 내 제자가 바르게
자랐으면 하기 때문이란다.

아, 전 선생님께서
저를 미워하시는
줄 알았어요.

이 한 마디가 그 친구에게 큰 힘이 될 것입니다.

자신의 주위에 있는 많은 사람들이 얼마나 자신을 아끼고 사랑하는지 알게 될 테니까요.

세 번째 사랑의 말 "넌 세상에서 가장 소중해."

오늘은 경수의 생일입니다. 아침에 어머니는 미역국을 끓여주고 경수가 좋아하는 불고기 반찬을 해주었습니다. 그러나 경수는 울상을 한 채 입술이 오리주둥이처럼 나와 있습니다. 왜냐하면 일주일 전 아버지가 경수에게 생일 때 MP3를 사주겠다고 약속했는데 약속을 지키지 않았기 때문입니다.

경수는 아버지에게 물었습니다.

"아빠, MP3 왜 안 사줘요?"

그러자 아버지는 머리를 긁적이며 이렇게 말했습니다.

"경수야, 미안하구나. 아빠가 깜빡했구나. 다음에 사주마."

경수는 약속을 지키지 않은 아버지가 미웠습니다. 그리고 아버지가 자신을 사랑하지 않는다고 생각했습니다. 경수의

이런, 내가 경수에게 MP3를 사준다는 것을 깜박 잊었구나 미안하다 경수야.
아빠는 날 사랑하긴 하는 건가요?내가 그렇게 갖고 싶어하는데….
경수야. 그렇다고 아버지가 널 사랑하지 않는 건 아니란다. 잠시 약속을 잊은 것 뿐이지.

마음은 온갖 불만으로 가득 차 있었지요.

　그런 경수를 보며 아버지가 야단쳤습니다.

　"MP3는 다음에 사준다고 말했잖니?"

　"……."

　"엄마가 네가 좋아하는 불고기를 해주셨잖니?"

　"……."

　"엄마에게 감사하게 먹겠습니다, 하고 먹어야지?"

　그러나 경수는 여전히 수저만 든 채 대답이 없었습니다.

　다시 아버지가 좀 더 큰 목소리로 말했습니다.

　"불고기 먹기 싫으면 먹지 마라. 아빠가 다 먹지 뭐."

　그때 경수는 와락 울음을 터뜨리고 말았습니다. 경수가 울음을 터뜨린 것은 MP3 때문만은 아니랍니다. 가장 큰 이유는 아버지가 약속을 지키지 않은 것이 자신을 사랑하지 않아서 라고, 생각했기 때문이지요.

　여러분, 부모님은 여러분을 누구보다도 사랑한답니다.

　가끔 여러분과 한 약속을 깜박하거나 지키지 못할 때도 있습니다. 그렇다고 해서 '부모님이 나를 사랑하지 않아.' 하고 생각하는 것은 잘못된 생각입니다. 종종 여러분도 친구와의 약속을 잊어버릴 때도 있답니다.

그럴 땐 부모님을 따뜻하게 이해해주세요. 그리고 혹시 주위에 경수와 같은 친구가 있다면 이렇게 말해주세요.

"넌 세상에서 가장 소중해."

분명 친구는 미소를 지으며 한결 밝은 표정을 지을 테지요.

그리고 이런 말을 하는 여러분은 친구에게 가장 소중한 존재가 될 것입니다.

네 번째 사랑의 말 "세상의 주인은 바로 너야."

"난 왜 이 모양일까?"

"난 내 자신이 싫어서 견딜 수 없어."

가끔씩 자신이 초라하게 느껴질 때가 있습니다.

친구가 나보다 공부를 잘 할 때,

친구가 다른 친구들에게 나보다 인기가 더 좋을 때,

비싼 브랜드의 옷이나 신발을 신고 있을 때,

이럴 때 자신이 초라하게 느껴져서 짜증만 나곤 하지요. 자

세상의 주인은 바로 너야. 너만의 장점이 있잖아.
난 늘 초라하고, 부족한 사람이라고 생각을 했는데, 네가 그렇게 말해주니 왠지 자신감이 생기는걸.

연히 의욕이 떨어져 공부도 하기 싫고 혼자 있고 싶어집니다.

이럴 때 누군가 기분을 상하게 하면 벌컥 화를 내게 되는 것입니다. 그러나 초라함은 여러분 스스로가 느끼는 것일 뿐입니다. 남들은 아무도 그렇게 생각하지 않는답니다.

누군가가 여러분에게 "너는 왜 그리도 초라하니?"라는 말을 들어본 적 있나요?

아마 없을 것입니다. 남들은 여러분에 대해 그리 세세하기 알지 못하기 때문이지요. 자신을 다른 사람과 비교하면 초라해지고 부족하게 느껴지는 것입니다. 따라서 어떤 일이 있어도 타인과 자신을 비교하는 일은 없어야 합니다.

그 대신 자신에게만 있는 장점과 개성을 찾아보세요. 분명 다른 사람에게는 없는 여러분만의 장점과 개성이 있을 거예요. 그것을 찾는다면 여러분은 더 이상 초라하다는 생각이 들지 않는답니다. 오히려 스스로를 초라하게 여겼던 자신이 부끄러워질 테지요.

여러분, 주위 친구들이 스스로를 부끄럽게 여길 때,

그리고 자신을 한없이 초라하게 생각할 때,

웃으며 이렇게 말해 주세요.

"세상의 주인은 바로 너야."

"너만의 장점이 있잖아."

그래도 친구의 마음이 밝게 펴지지 않는다면 여러분이 직접 그 친구의 좋은 점을 찾아주세요.

세상의 주인은 그 누구도 아닌 여러분입니다. 여러분을 초라하게 느껴서는 안 됩니다. 만일 여러분이 초라하다면 부모님뿐만 아니라 우리나라도 초라해질 테니까요.

다섯 번째 사랑의 말 "세상에서 네가 가장 예뻐."
"세상에서 네가 가장 멋있어."

'나쁜 계집애, 어디 두고 보자.'

'앞으로는 상대도 안 할 거야.'

승희는 반 친구 미숙이와 경미가 얄밉습니다. 왜냐하면 미숙이와 경미가 종종 승희를 놀리기 때문입니다.

아니, 놀리기보다 승희가 듣기 싫어하는 말을 하기 때문이지요.

수현아, 나 경희 말처럼 그렇게 못생겼니?
무슨 소리야. 너의 하얀 피부와 긴 생머리가 얼마나 예쁜데.

경미는 승희에게 말했습니다.

"승희야, 네 코는 납작해서 정말 보기 싫어."

"얼굴에 점들이 왜 그렇게 많아? 점만 좀 빼면 괜찮겠는데."

옆에 있던 경미도 한 마디 거들었습니다.

"맞아, 코가 안 미우면 지금 보다 훨씬 나을 것 같은데."

그 순간 승희는 화가 나서 큰 소리로 말했습니다.

"너희들은 얼마나 예쁘다고 그래? 내가 보기엔 호박이랑 사촌 같은데 뭘."

결국 승희는 미숙이와 경미랑 크게 다투게 되었습니다. 그런데 오늘 승희는 수현이로 부터 기분 좋은 말을 들었습니다. 이 한 마디로 승희의 기분은 공중에 붕 뜬 것만 같았지요.

"승희야, 넌 내가 본 애들 중에 가장 예뻐."

수현이는 덧붙여 말했습니다.

"하얀 피부랑 긴 생머리가 너무 부러워."

그동안 승희는 미숙이와 경미에게 부정적인 말만 들어왔습니다. 그런데 수현이를 통해 승희는 자신만의 매력이 있다는 것을 깨닫게 된 것입니다. 이제 승희는 반에서 수현이가 제일 좋습니다.

여러분, 사람은 누구나 자신을 예뻐하고 멋있게 생각하는 사람에게 호감을 느끼는 법입니다.

호감을 느끼는 친구가 있나요?

그렇다면 가까이 다가가서 이렇게 속삭여 주세요.

"세상에서 네가 가장 예뻐."

"세상에서 네가 가장 멋있어."

그러면 여러분은 분명 세상에서 가장 예쁘고 멋있는 친구를 얻게 될 것입니다.

여섯 번째 사랑의 말 "괜찮니? 얼마나 걱정했는데……."

"나에게 아무도 관심이 없어."

"쳇, 내가 갑자기 죽어도 모를 테지."

"엄마 아빠는 동생만 좋아해."

형규는 오늘 몸이 아파 학교에 가지 못했습니다. 그래서 하루 종일 방에 누워 있었습니다.

그러나 어머니는 볼일 보러 나갔는지 형규가 아무리 불러도 대답이 없습니다.

몸이 아픈 형규는 은근히 화가 치밀었습니다.

'몸이 아파죽겠는데, 엄마는 어디 간 거야?'

한참 후 어머니는 동생 민규와 함께 돌아왔습니다.

형규는 어머니에게 짜증 섞인 목소리로 말했습니다.

"엄마, 어디 갔었어? 내가 얼마나 불렀는데."

"응, 밖에 비가 와서 우산을 가지고 민규 데리러 학교에 갔었어."

어머니의 말에 형규는 엄마가 자신보다 동생 민규를 더 사랑한다고 생각했습니다. 그러자 괜스레 어머니가 얄미워졌습니다. 덩달아 동생 민규도 미웠습니다. 형규가 잔뜩 골이 나 있자 어머니는 특별히 피자를 시켜주었습니다. 하지만 형규는 평소 좋아하던 피자를 한 조각도 먹지 않았습니다.

'쳇, 엄마는 나한테 관심이 없다니까!'

잠시 후 어머니는 손으로 형규의 이마를 짚으며 말했습니다.

"우리 아들, 아직 열이 불덩이네. 어쩌지?"

"형규야? 많이 아프지? 차라리 내가 아팠으면 좋으련

우리 아들, 아직 열이 불덩이네. 차라리 내가 아팠으면 좋겠네.
아, 엄마 죄송해요. 전 엄마가 저보다 동생 민규만 예뻐하신다고 생각했어요.

만······."

말을 하는 어머니의 두 눈에는 눈물이 그렁그렁했습니다. 그제야 형규는 자신이 잘못 생각했다는 것을 깨달았습니다. 어머니는 민규와 마찬가지로 자신도 아끼고 사랑한다는 것을 알았지요.

여러분, 몸이 아플 때 아무도 나에게 관심을 가져주지 않는다면 마음이 어떨까요? 아마 외롭고, 쓸쓸하고 괜스레 투정 부리고 싶어질 테지요. 이런 마음이 드는 것은 자연스러운 것이랍니다. 우리의 마음속에는 타인에게 관심과 보살핌을 받고 싶은 감정이 숨어 있기 때문입니다. 따라서 여러분이 타인에게 원하는 것을 다른 친구에게도 베풀어보세요.

친구가 몸이 아플 때 진심을 담아 이렇게 물어보세요.

"○○야, 괜찮니? 얼마나 걱정했는데······."

"많이 아프지? 얼른 나았으면 좋겠어."

이 말을 들은 친구는 마음이 따뜻해질 것입니다. 말 속에 자신을 생각하는 진심이 담겨 있음을 알기 때문이지요.

사람이 사람을 좋아하는 데는 많은 이유들이 있습니다.

"난 네가 예뻐서 좋아."

"넌 잘 웃고 착해서 좋아."

"공부도 잘하고 멋있어서 좋아."

"축구를 잘해서 맘에 들어."

"노래를 잘해서 네가 좋아."

그러나 어떤 이유가 있어서 좋아하면 진정으로 좋아하는 것이 아닙니다. 예를 들어 내가 누군가를 예쁘거나 멋있어서 좋아한다면 어떨까요? 그 사람이 더 이상 예쁘지 않거나 멋있지 않다면 좋아하는 마음이 사라질 테지요. 또 옷을 잘 입어서 그 친구가 마음에 든다고 해도 마찬가지입니다. 만일 그 친구가 더 이상 예쁜 옷을 입지 않는다면 좋아하는 마음도 식을 테니까요.

누군가를 좋아하는데 있어 특정한 이유를 붙이지 마세요.

이 말에 "어떻게 좋아하는 이유가 없을 수 있나요?" 하고 묻는 친구도 있을 것입니다. 나는 여러분에게 이렇게 말해주고 싶어요. 그 친구의 특정한 부분만 좋아하지 말고 모든 부분을 좋아하라고 말이지요. 그 친구의 모든 부분을 좋아한다면 아무리 많은 시간이 흘러도 그 친구를 미워하거나 싫어할 이유가 생기지 않을 테지요. 어떤 친구가 마음에 든다면 이렇게 말해 보세요.

"난 그냥 네가 좋아."

"그냥 네가 마음에 들어."

'그냥'이라는 단어 속에 좋아하는 모든 이유들이 포함되어 있답니다.

무엇보다 '그냥 좋아 한다'는 말은 너무도 자연스럽고 친근감을 느끼게 합니다. 이 말을 듣는 상대방도 부담 없이 여러분에게 호감을 느낄 테구요. 세상에서 누군가를 좋아하거나 사랑하는 사람들은 '그냥' 좋아하고 사랑한답니다.

넌 왜 날 좋아하는 거지? 내가 예뻐서?
글쎄, 그런 것도 있겠지만 난 너의 모든 것이 좋아.

자신감을 가득 채워주는 희망의 말

친구를 얻는 유일한 방법은
자기가 먼저 친구가 되는 것이다.

- 랄프 에머슨

좋은 친구를 사귀는 것보다 더 기쁜 일은 없습니다.
함께 있으면 마음이 편안해지는 친구와 우정을 나누고 싶지요.
친구는 꽃처럼 나의 마음을 기쁘게 해주고
때로 나무처럼 든든하게 나를 지켜줍니다.
주위에 마음에 드는 아이가 있다면 망설이지 말고
여러분이 먼저 좋은 친구가 되어보세요.
그 아이도 여러분에게 좋은 친구가 되어줄 테니까요.

첫 번째 희망의 말 "넌 반드시 해낼 수 있어."

세상에는 두 부류의 사람들이 있습니다. 용기를 주는 사람과 용기를 꺾는 사람입니다. 어떤 사람이 새로운 공부를 시작하려할 때 용기를 주는 사람은 이렇게 말하지요.

"넌 반드시 해낼 수 있어."

"잘 할 거야. 그동안 잘 해왔잖아."

이런 말을 듣는 순간 상대방은 용기가 생겨 정말 잘 하게 될 것입니다. 반면 용기를 꺾는 사람은 이런 말을 합니다.

"넌 절대 못할 거야."

"네가 해낸다면 해가 서쪽에서 뜰 거야."

이런 말을 듣는 순간 그나마 있던 용기와 의욕마저 사라질 테지요.

사람의 마음속에는 어떤 일도 할 수 있는 힘이 있습니다. 그러나 그 힘은 마음속에 '할 수 있다' 는 의욕으로 가득 찰 때 생겨나는 것입니다.

여러분은 부모님이나 친구로부터

"넌 역시 잘해."

"반드시 할 수 있을 거야."

라는 말을 들으면 힘이 솟을 테지요. 마찬가지로 다른 사람들도 이런 말을 들으면 의욕이 솟는답니다. 의욕은 열정을 불러일으키고 자신이 하고자 하는 일에 최선을 다하게 만듭니다.

상대방에게 용기를 주는 사람이 되어보세요. 절대 용기를 꺾는 사람이 되어서는 안 된답니다.

부정적인 말로 상대방의 의지를 꺾는다면 여러분과 가까이하고 싶은 사람은 없을 테니까요.

친구가 어떤 일을 시작하고자 할 때 이렇게 말해주세요.

"넌 반드시 해낼 수 있어."

이 한 마디 말과 함께 친구의 마음속에 도사리고 있는 두려움은 사라질 것입니다.

두 번째 희망의 말 "난 너를 믿어."

우정은 '믿음' 속에서 싹트고 자랍니다. 믿음은 상대방을

내가 정말
완주를 할 수
있을까?
걱정마!
넌 반드시 완주 할 수 있을 거야.
거기다 내가 이렇게
응원을 하고 있잖니.

있는 그대로 이해하고 신뢰하는 것입니다. 사람 사이에 있어 가장 중요한 것은 믿음이라고 할 수 있지요. 믿음이 없다면 친구가 될 수도 없을 뿐 아니라 상대방을 신뢰할 수도 없으니까요.

곁에 자신을 믿어주는 사람이 있다는 것은 정말 기쁜 일이 아닐 수 없습니다.

내가 어떤 일을 하더라도 온전히 믿어주는 사람,

다른 사람들이 나를 외면하고 비난할 때도 믿어주는 사람,

남들이 나에 대해 불신할 때조차 굳건한 믿음을 버리지 않는 사람,

이런 사람이 있다는 것은 신이 주신 선물이라고 할 수 있습니다.

친구나 곁에 있는 사람으로부터

"난 너를 믿어."

라는 말을 듣는다면 어떤 마음이 들까요?

마음이 따뜻해지고 행복할 것입니다.

"난 너를 믿어."

이 말 속에는 너를 좋아하기 때문에 온전히 너를 믿는다는

나는
너를 믿어.
나도
너를 믿어.

뜻이 담겨 있습니다. 또 혹시 실패하더라도 절대 비난하지 않겠다는 뜻도 담겨 있지요. 그래서 이런 말을 들으면 '할 수 있다' 는 자신감도 생기고 마음의 부담도 덜게 되는 것입니다.

여러분 가까이 다가가고 싶은 친구, 호감을 느끼는 친구가 있다면 '믿음' 을 주세요. 믿음은 행동으로 보여줘도 좋고, 따뜻한 말로 표현해도 좋습니다. 중요한 것은 친구에게 믿음을 표현한다는 것입니다. 여러분이 친구를 믿는 순간 친구도 여러분에게 믿음을 줄 테니까요.

세 번째 희망의 말 "네가 해내지 못할 일은 없어."

여러분은 신으로부터 세상에서 가장 고귀하고 소중한 선물을 받았습니다. 그 선물은 다름 아닌 여러분을 이해해주고 아껴주는 '친구' 입니다.

벤자민 프랭클린은 이런 말을 했지요.

"아버지는 보물이요, 형제는 위안이며, 친구는 보물도 되고 위안도 된다."

반드시 한 골
넣어줘!
난 널 믿어.
알았어!
꼭 한 골 넣을께!

그렇습니다. 친구는 아버지와 형제를 합한 모든 것입니다.

'행복하고 성공적인 인생을 살기 위해서는 좋은 친구를 사귀어야 한다' 는 말이 있습니다. 이 말은 어떤 친구를 사귀느냐에 따라 불행한 인생을 살 수도, 행복한 인생을 살 수 있다는 뜻입니다.

가족 다음으로 가장 가까이 있는 사람은 바로 친구입니다.

그래서 친구가 하는 말과 행동을 나도 모르게 닮게 되는 것이지요.

좋은 친구는 늘 올바른 말과 행동으로 본받을 점이 많습니다.

반대로 그렇지 않은 친구에게는 옳지 않은 말과 행동을 배우게 됩니다. 결국 올바르지 않은 친구와 가까이 한다면 결국 인생에 도움이 되기는커녕 좋지 않은 습관을 가지게 될 테지요.

더 나아가 결국 불행한 인생을 살게 될지도 모릅니다.

진정한 친구는 좋은 점은 본받고 그릇된 점은 깨닫게 해주는 존재입니다. 또한 친구가 자신감이 없어 망설이거나 주저할 때 힘을 주는 존재입니다.

"네가 해내지 못할 일은 없어."

"나는 언제나 너를 믿어."

"네가 못하면 아무도 못해."

이런 말을 친구에게서 듣는다면 무지 기분이 좋을 것입니다.

친구는 '맞아, 나는 분명 잘 할 수 있어.' 하고 생각할 테지요.

그리고 마음속에 있는 망설임과 주저함은 한순간에 날려 버릴 것입니다.

언제나 친구에게 힘을 주는 여러분이 되세요!

결코 용기를 꺾거나 의지를 꺾는 사이가 되어서는 안 됩니다.

새가 창공을 훨훨 날아가려면 강한 날개를 가지고 있어야 합니다. 마찬가지로 친구가 자신의 꿈을 이루려면 자신을 믿어주는 친구를 두어야 합니다. 그래야만 때로 용기가 약해지거나 포기하고 싶을 때 의욕을 불러일으켜 줄 테니까요. 무엇보다 친구란 용기와 깨달음을 주는 존재라는 것을 기억해야 합니다.

사람들은 누구나 친구를 사귈 수 있습니다.

하지만 누구나 진정한 친구를 사귈 수 있는 것은 아닙니다.

진정한 친구는 진실하고 나보다 먼저 상대방을 존중하고 배려하는 친구이기 때문입니다.

그러려면 상대방을 위한 헌신이 있어야 가능합니다.

헌신적인 친구가 과연 몇이나 될까요?

아리스토텔레스는 다음과 같이 말했습니다.

"친구가 되려는 마음을 갖는 것은 간단하지만, 우정을 이루기까지는 많은 시간이 걸린다."

친구는 하루에도 수십 명 얻을 수 있지요. 그러나 그 친구들과 우정을 나눌 수는 없습니다. 우정이란 오랜 시간을 함께 하며 쌓아온 공든 탑과 같은 것이니까요.

우리는 친구에 대해 쉽게 말하곤 합니다. 슬프거나 힘들 때 위로가 되어주고 기쁠 때는 진심으로 축하해주는 사이가 친구입니다. 하지만 슬프거나 힘들 때 진정한 위로가 되어주는 친구는 몇이나 있을까요?

난 네가 잘 되길 빌며 저 돌탑에 돌을 올렸어!
나도 그랬어!

그리고 기쁜 일이 있을 때 질투나 시기하지 않고 진심으로 축하해주는 사람은 얼마나 될까요?

진정한 친구란 나보다 친구가 더 잘 되기를 기도하고 바라는 사람입니다. 또한 친구가 잘 되는 것이 내가 잘되는 것이라고 생각하는 사람입니다.

진정한 친구는 거짓말을 하지 않습니다. 거짓말을 하더라도, 그 거짓말 속에는 남을 배려하는 따뜻한 마음이 담겨져 있습니다.

진정한 친구는 상대방이 슬퍼할 때 위로와 격려를 아끼지 않습니다. 친구가 슬픔에 빠져 있을 때 위로가 되어 주세요. 한 마디 말로도 충분히 위로가 될 수 있습니다.

"네 곁에는 항상 내가 있잖아."

이 말보다 더 큰 위로가 되어 주는 말은 없답니다.

곁에 자신을 믿어 주고 사랑해 주는 사람이 있다는 것.

묵묵히 곁에서 바라봐 주고 든든한 버팀목이 되어 주는 사람이 있다는 것.

이보다 더 큰 용기와 위로가 되는 것이 있을까요?

다섯 번째 희망의 말 "최선을 다하는 네가 자랑스러워."

최선을 다하는 사람의 모습은 아름답습니다. 최선을 다한다는 것은 자신이 하는 일에 모든 노력을 아끼지 않는다는 뜻입니다. 또한 다른 곳에 한눈팔지 않고 모든 마음을 쏟는다는 말이기도 합니다.

주위에 최선을 다하는 사람들이 있을 테지요. 아침마다 열심히 맛있는 빵을 구워내는 동네 빵가게 아저씨,

거리를 깨끗하게 청소하는 환경미화원 아저씨,

하루도 거르지 않고 우유를 배달해주는 배달부 아줌마,

여러분에게 좋은 말씀과 지식을 불어넣어 주는 선생님,

이외에도 최선을 다하는 사람은 헤아릴 수 없이 많습니다. 이런 사람들을 볼 때면 우리는 '나도 최선을 다해서 공부해야지.' 하는 생각을 하게 됩니다.

친구들 중에는 자신의 주어진 임무에 최선을 다하는 친구가 있습니다.

청소시간에 다른 친구들이 장난치거나 대충대충 청소할 때 꼼꼼하게 쓸고 닦는 친구, 시험을 앞두고 벼락치기 공부

보다 매일 열심히 공부하는 친구, 하루하루 시간을 함부로 쓰기보다 계획에 맞게 실천하는 친구.

이런 친구들에게 격려의 말을 들려주세요.

"최선을 다하는 네가 자랑스러워."

"지금처럼 열심히 하니 아마 좋은 성과가 있을 거야."

"너를 보면 나도 열심히 하고 싶은 생각이 들어."

이런 격려의 말을 들려줄 때 듣는 친구의 마음은 기쁠 것입니다. 왜냐하면 친구가 열심히 하는 자신을 인정하고 칭찬해 주기 때문이지요.

격려의 말은 듣는 사람 못지않게 말하는 사람도 기쁘고 행복합니다. 친구에게 힘을 주는 말을 해서 마음이 뿌듯하기 때문입니다.

친구에게 조금만 관심을 가져보세요. 친구와 우정을 더욱 돈독하게 만들 수 있답니다. 친구가 나를 지켜봐주고 격려해 줄 때 마음속에 기쁨과 함께 힘이 솟아납니다.

오늘도 안전한 전기공급을 위해 노력해야지.
거리를 깨끗이 청소해야지.
저도 최선을 다할거예요.
오늘도 어제보다 더 맛 좋은 빵을 구워야지.
BAKER

자신이 바라는 대로 이루어지지 않을 때도 있습니다.

수경이는 평소 열심히 공부했습니다. 하지만 막상 시험 날이 되었을 때 알쏭달쏭 모르는 문제가 많았지요. 결국 시험 성적은 기대했던 만큼 좋지 않았습니다. 뜻대로 되지 않을 때 마음이 우울해지게 마련입니다. 그러다 이런 생각마저 들지요.

"나는 정말 운이 없나봐."

"정말 되는 일이 하나도 없어."

"앞으로 열심히 하나봐라."

자신이 바라는 대로 결과가 나오지 않았다 하더라도 이런 부정적인 생각을 해서는 안 됩니다. 부정적인 생각은 앞으로의 모습에 나쁜 습관을 불러오기 때문입니다.

'열심히 공부했는데 오히려 성적은 나빠! 이젠 공부 대충 할 거야.'

그래!
잘 될 거야.
열심히
해보자.
친구야!

‘선생님 말씀을 잘 들었는데 왜 나만 미워하지. 선생님은 멋대로야.’

‘동생들을 잘 돌보는데, 엄마는 나만 야단쳐. 에이 짜증나!’

이런 생각을 하게 되면 그동안 잘 해왔던 방식에서 벗어나 그릇된 행동을 하게 됩니다. 열심히 하던 공부를 대충하게 되고 선생님 말씀을 듣지 않지요. 또 따뜻하게 동생들을 보살피던 것과는 달리 동생들을 윽박지르고 혼내주기도 합니다.

이런 행동을 하는 이유는 타인에 대한 불만 때문이랍니다. 열심히 했는데도 나를 인정해주지 않아서 불만이 쌓였기 때문이지요.

이런 친구가 있다면 이렇게 말해주세요.

“우린 친구잖아. 잘 될 거야.”

“좀 더 노력하라는 뜻일 거야. 힘내!”

이런 말을 들은 친구는 한결 마음이 가벼워질 것입니다.

마음속에 가득 차 있던 불만은 눈 녹듯이 사라질 테지요. 그리고 친구는 이렇게 생각할 것입니다.

‘맞아, 분명 잘 될 거야.’

‘결과가 좋지 않은 건 최선을 다하지 않았기 때문인지도

몰라.'

여러분의 진심이 담긴 말 한 마디가 친구에게 희망이 됩니다. 뿐만 아니라 화가 나서 어긋나려는 친구를 더욱 열심히 하는 모습으로 변화시킨답니다.

친구의 마음이 담겨 있는 말 한 마디에 마법이 숨어 있습니다. 그 마법은 주저앉은 친구를 일으켜 세워 주고 더욱 최선을 다하게 만들지요.

슬픔을 극복하게 해주는 마법의 말

나보다는 상대방을 생각하는 우정,
이러한 우정은 어떠한 어려움도 뚫고 나아간다.

- 무어

좋은 친구는 나보다 상대방을 먼저 생각합니다.
그것이 바로 친구를 위한 사랑이고 우정이기 때문이지요.
만일 상대방보다 나를 먼저 생각한다면
진정한 우정을 나눈 친구라고 할 수 없습니다.
우리는 친구가 있기에 인생이 두렵지 않습니다.
내가 갑작스런 어려움에 처하더라도
친구가 나를 도와줄 거라는 믿음이 있기 때문이지요.

　3학년인 소연이는 자주 외로움을 탑니다. 부모님은 맞벌이를 하기 때문에 아침부터 저녁까지 직장에서 보내지요. 소연이는 부모님이 퇴근할 때까지 이모 집에서 저녁을 먹고 기다립니다.

　요즘 들어 소연이는 부쩍 외로움을 느끼곤 합니다. 오빠나 언니, 동생이라도 있다면 이런 외로움은 덜하겠지요. 그러나 소연이에게는 형제가 아무도 없습니다.

　'내게도 형제가 있으면 얼마나 좋을까?'

　'다른 친구 엄마들처럼 엄마가 집에 있으면 좋을까?'

　이런 생각이 들면 소연이는 부모님이 원망스럽기까지 합니다.

　며칠 전부터 말수가 줄어든 소연이를 보며 어머니가 물었습니다.

　"소연아, 무슨 일 있니? 엄마한테 얘기해봐."

"아니, 괜찮아."

그러나 소연이는 마음속으로 말했습니다.

'나, 외롭단 말이야. 낮에 엄마가 집에 있었으면 좋겠어.'

'이모 집에 가는 것도 지겹고, 우리 집에 있고 싶단 말이야.'

하지만 끝내 이 말은 입 밖으로 꺼내지 못했습니다.

어느 날 평소 소연이와 친한 미선이가 말했습니다. 소연이는 미선이의 이 한 마디에 더 이상 외롭다는 생각이 들지 않았답니다.

미선이는 소연이의 어깨를 가볍게 툭치며 말했습니다.

"소연아, 넌 혼자가 아니야."

"외로워하지마. 친구인 내가 있잖아." 사실 미선이도 소연이와 마찬가지로 혼자였습니다. 게다가 아버지는 어릴 때 교통사고로 돌아가셨습니다. 하지만 미선이는 누구보다 밝은 표정을 잃지 않았습니다. 그런 미선이가 자신에게 혼자가 아니라고 말한 것에 큰 위로가 되었습니다.

사람은 누구나 외로움을 느낀답니다. 여러분도 종종 외롭다는 생각이 들 테지요.

주위에 아무도 없다는 생각.

소연아.
넌 혼자가 아니야.
친구인 내가 있잖아.

고마워 미선아. 덕분에
외롭다는 생각이
더 이상 들지 않아.

아무도 나를 이해하지 못한다는 생각…….

주위에 외로움을 타는 친구가 있다면 스쳐 지나가지 마세요.

다가가 결코 혼자가 아니라고 말해주세요.

"넌 혼자가 아니야."

"외로워하지 마. 친구인 내가 있잖아."

친구는 혼자가 아니라는 것을 분명 깨달을 수 있을 것입니다.

또한 여러분에게도 그 친구가 있기에 외롭지 않을 테구요.

두 번째 마법의 말 "난 항상 네 편이야."

우리는 어릴 때 부모님에게 종종 이렇게 묻곤 했습니다.

"엄마는 누구편이야?"

"아빠는 누구편이야?"

그러면 부모님은 다정하게 웃으며 말했습니다.

"당연히 우리 강아지 편이지."

"우리 공주님 편이지."

이 원안에 들어오는
사람은 우리편~.
하하,
난 영원한
너의 편이야.

우리는 부모님의 대답에 기뻐하며 까르르 웃곤 했지요.

사람은 누구나 가까이 있는 사람들이 자신의 이야기를 귀 담아 들어주기를 바랍니다. 또 내가 어떤 일을 하거나 잘못 을 하더라도 내 편이 되어 이해해주기를 바라지요. 만일 친 구가 나를 이해해 내 편이 되어주기를 바라는데 친구가 거절 한다면 마음은 슬플 것입니다. 가장 먼저 이런 생각이 들 테 지요.

'어떻게 네가 나한테 그럴 수 있어?'

'너와 가장 친한 친구라고 생각했는데…….'

'좋아! 나도 더 이상 네 편이 아니야.'

'어떻게 내가 아닌 다른 아이 편을 들 수가 있어?'

그러면서 그 친구와 서서히 멀어지게 되는 것입니다. 친구 와 우정을 쌓기는 힘들지만 무너뜨리는 것은 한순간입니다. 때문에 사람들은 새로운 친구를 사귀기보다 우정을 지키기 가 더 힘이 든다고 말하는 것일 테지요.

여러분, 가끔 친구가

"너는 누구 편이니?"

"만일 ○○와 다투는 일이 생긴다면 누구 편을 들 거니?"

하고 물어본다면 이렇게 말해주세요.

"난 항상 네 편이야."

"당연히 친구인 너의 편을 들어야지."

왜냐하면 이렇게 묻는 친구는 여러분이 자신을 얼마나 좋아하는지 확인하고 싶어하기 때문입니다.

이러한 상황에서

"네가 잘못했으면 네 편을 들 수 없어."

"어떻게 지금 얘기할 수 있어? 그 상황이 돼봐야 알지."

하고 말한다면 친구는 크게 실망할 것입니다.

살아가면서 온전히 나를 신뢰하고 따라주는 친구가 있다는 것은 너무나 기분 좋은 일입니다. 어쩌면 세상에서 가장 행복한 선물을 받은 것과 같을 것입니다.

세 번째 마법의 말 "우리 바람 쐬러 나갈까?"

우리에게 늘 좋은 일만 있을 수는 없습니다. 때로 마음을 한없이 기쁘게 하는 좋은 일이 있습니다.

반면 마음을 끝없이 가라앉게 만드는 우울한 일도 있지요.

대부분 사람들은 갑자기 어려운 일에 부딪히거나 계획했던 일이 뜻대로 되지 않을 때 혼자 있고 싶어진답니다. 하지만 이때 계속 혼자 있다 보면 마음은 끝없이 슬퍼지고 우울해지지요. 그래서 책을 읽거나 재미있는 영화를 보거나 하는 것이 좋습니다. 그렇게 함으로써 기분이 새롭게 전환될 테니까요. 만일 친구가 이런 마음을 알아차려 준다면 더할 나위 없이 좋을 것입니다.

여러분 주위에 침울한 표정을 짓고 있는 친구가 있다면 그냥 외면하지 마세요. 말수가 적고 자꾸만 혼자 있고 싶어 하는 친구도 꼭 곁에 있어주세요. 그리고 그 친구에게 다가가 웃는 얼굴로 이렇게 말해주세요.

"우리 바람 쐬러 나갈까?"

"뭐 그만한 일로 처져있니?"

"앞으로 잘 되겠지."

이렇게 말한다면 축 처져 있던 친구의 어깨가 다시 활짝 펴질 테지요. 친구와 근처 공원이나 학교 운동장으로 가서 친구의 이야기를 들어주세요. 그러면 친구의 마음을 짓누르고

걱정마.
다 잘 될 거야.
그래. 너와 함께
바람쐬러 나오니 한결
마음이 가벼워져.

있던 고민거리는 바람에 날아가 버릴 거예요.

친구란 기분이 좋을 때보다 마음이 울적하고 나쁜 일이 있을 때 함께 해줄 수 있어야 합니다. 이런 모습이 바로 진정한 친구의 모습입니다.

친구가 힘들어 하는 모습을 보고도 그냥 외면해버리고 싶을 때가 있습니다. 평소 그 친구와 별로 친하지 않다거나 좋지 않은 감정이 있을 때가 그렇지요. 하지만 이럴 때는 이렇게 생각해보세요.

'만일 내가 저 친구의 입장이라면 어떤 생각이 들까?'

'아마 분명 내 곁에 누군가 있어줬으면 하는 생각이 들겠지.'

마음이 슬프거나 어려울 때 손 내미는 친구가 진정한 친구입니다.

그리고 그 동안의 좋지 않았던 감정은 씻은 듯 사라질 테지요.

사람은 누구나 자신이 좋아하는 것을 할 때 행복해집니다.

어떤 사람은 축구나 야구 같은 운동을 좋아할 것입니다. 또 다른 사람은 컴퓨터 게임을 좋아할 수도 있을 테지요. 이외에도 독서, 컴퓨터 채팅, 비디오 보기, 애완동물과 놀기 등 다양할 것입니다. 무엇보다 자신이 좋아해서 한다면 시간 가는 줄 모릅니다. 혹시 친구가 화가 나 있거나 속상해하고 있다면 이렇게 해보세요.

"네가 잘하는 ○○할까?"

"네가 좋아하는 ○○하자."

○○는 운동, 게임, 비디오 보기 등 일 수도 있습니다.

그러나 가장 중요한 것은 여러분이 좋아하는 것보다 친구가 좋아하는 것을 택해야 한다는 것입니다. 만일 여러분이 좋아하는 것으로 정한다면 그 친구는 "너 혼자 해!" 하고 화를 버럭 낼지도 모르니까요. 반면 친구가 평소 좋아하는 것을 함께 하자고 한다면 그 친구는 서서히 화가 가라앉고 속상한 마음도 사라질 것입니다. 자신을 배려해주는 친구의 고마움을 알기 때문이지요.

'말 한 마디로 천 냥 빚을 갚는다' 는 말이 있습니다.

말을 어떻게 하느냐에 따라 상대방에게 기쁨과 위안을 줄 수도 있고, 반대로 상처와 분노를 일으킬 수도 있는 것입니다.

아무리 속상하고 화가 난 사람도 자신을 생각해주는 사람에게 화를 내지 않습니다. 그래서 친구를 위로해주기 위한 방법으로 친구가 좋아하는 것을 함께 해주는 것보다 더 좋은 방법은 없답니다. 그렇게 하기 위해서는 평소 친구가 좋아하는 것이 무엇인지 정도는 알고 있어야 되겠지요. 함께 운동이나 게임을 하다보면 서로의 우정을 돈독하게 할 수도 있습니다.

다섯 번째 마법의 말 "넌 활짝 웃는 모습이 잘 어울려."
"넌 웃을 때 가장 멋있어."

우리는 활짝 웃을 때 가장 아름답고 사랑스럽습니다. 웃는 사람을 보며 사람들은 이렇게 말합니다.

선영이 너도
강아지를 좋아하는구나.
그래.
그러고 보니
우리는 좋아하는
것이 참 비슷하다.

"꽃처럼 예쁘네."

"장미보다 더 예뻐."

"꽃이 따로 없구나."

개나리처럼 활짝 웃는 사람을 보면 정말 예쁩니다. 상대방의 웃는 얼굴을 보고 있으면 덩달아 자신의 마음도 행복해지지요. 세상에는 웃음 바이러스보다 더 전염이 빠른 것은 없답니다. 찡그린 모습보다 웃는 모습이 더 친근감이 느껴지고 편합니다.

웃는 얼굴 속에는

'기분이 좋아요.'

'당신이 좋아요.'

'너무나 행복해요.'

이런 뜻이 담겨 있기 때문이지요. 사람들 중에는 상대방의 기분을 좋게 만드는 사람이 있습니다. 이런 사람은 유머를 즐겨 활용하지요.

"넌 언제나 미소꽃이 활짝 폈네."

"네 얼굴은 항상 웃음꽃밭이야."

이런 말을 듣는 상대방은 왠지 모르게 기분이 좋아질 것입

정말요?
하하!
우리딸이 해바라기
보다도 더 밝고
예쁘구나.

니다. 사실 평소에 유머를 좋아하지 않는 사람이 유머를 하기란 어색하기 마련입니다.

이럴 때는 친구에게 말해보세요.

"넌 활짝 웃는 모습이 잘 어울려."

"넌 웃을 때 가장 멋있어."

웃는 모습이 가장 매력적이라고 말하는데 기분 나빠할 사람은 아무도 없답니다. 뿐만 아니라 친구는 앞으로 더 많이 웃게 될 것이고 그만큼 기분도 좋을 것입니다. 이처럼 말 한마디로도 친구를 웃게 만들 수 있지요. 활짝 웃는 얼굴은 타인에게까지 웃음꽃을 피게 한답니다.

여섯 번째 마법의 말 "더 좋은 일이 생길거야. 기운 내!"

주위에 희망을 주는 친구들이 있다면 정말 행복할 것입니다. 지금 당장은 절망스럽고 슬프게 느껴져도 그런 친구들이 있기에 웃을 수 있을 테니까요.

가끔 사는 게 힘들게 생각될 때가 있습니다.

거봐! 기다리니까 행운이 찾아왔지!
정말! 드디어 살았다.

　방과 후 제대로 쉬지 못한 채 곧바로 이어지는 여러 군데의 학원 수업,

　학교 시험 성적이 기대했던 것과 달리 떨어졌을 때,

　부모님에게 심한 야단맞거나 선생님에게 혼났을 때,

　나보다 더 덩치가 큰 아이가 나를 못살게 괴롭힐 때,

　이럴 때 마음속은 슬픔으로 가득 차지요. 그렇다고 이런 고민을 쉽게 다른 누군가에게 말할 수도 없습니다. 괜스레 창피하기도 하고 상대방이 나를 어떻게 생각할까 하는 생각 때문이지요.

　할 수만 있다면 아무도 살지 않는 무인도로 훌쩍 떠나버리고 싶은 마음만 굴뚝같습니다. 그러나 이때 나를 이해해주는 친구가 있다면 얼마나 좋을까요? 쇳덩이처럼 무겁던 마음이 새털처럼 가벼워질 것입니다. 게다가 그 친구가 희망이 담긴 말을 해준다면 정말 희망이 솟아날 테지요.

　우리는 한 마디 말로 충분히 상대방의 마음을 기쁘게 해줄 수도, 슬프게 할 수도 있습니다.

　만일 여러분이 슬픔에 빠져 있을 때 친구가 다가와 이런 말을 했다고 상상해보세요.

“더 좋은 일이 생길거야. 기운 내!”

“행운은 조금 늦게 온다고 하지 않니? 힘내!”

정말 친구의 말처럼 내일은 좋은 일이 생기지 않을까 하는 기대감이 생길 겁니다. 또 그런 기대감과 함께 힘도 날 테지요.

여러분, 이처럼 말 속에는 위대한 마법이 숨어 있답니다.

이 마법을 친구와 우정을 돈독하게 만드는데 사용할 수도 있습니다. 반면, 친구에게 지울 수 없는 마음의 상처를 입힐 수도 있다는 것을 잊어서는 안 됩니다.

일곱 번째 마법의 말 “기운 내! 내가 영화 보여줄게.”

극장에 가기를 싫어하는 친구는 없을 겁니다. 영화를 보면 재미와 함께 스트레스를 확 날려버릴 수 있으니까요. 우리는 영화를 보면서 마치 자신이 영화 속의 주인공이 된 것 같은 착각에 빠지지요. 그리하여 대리만족 또는 기쁨, 즐거움을 느낄 수 있습니다.

영화보기를 친구들 관계에 활용해도 좋답니다. 한 친구가 기분이 울적해 있거나 슬픔에 빠져 있을 때 함께 극장에서 영화를 보세요. 물론 그 전에 친구에게 이렇게 말하면 더 좋겠죠.

"기운 내! 내가 영화 보여줄게."

"새로운 영화 나왔던데 함께 보러가자. 내가 보여줄게."

분명 친구는 히죽 웃으며 극장으로 따라갈 것입니다. 그러면 여러분은 친구를 위로해줄 수 있어서 좋고 그 친구는 울적한 마음을 날려버릴 수 있어서 좋겠지요. 물론 재미있는 영화를 볼 수 있어서 또 한 번 좋구요. 하지만 이렇게 말하는 인색한 친구들도 있을 겁니다.

"영화 보려면 제 용돈을 써야 되잖아요. 싫어요!"

"굳이 친구를 위로해 주기 위해 극장까지 갈 필요 있나요?"

하지만 용돈과 친구 중에 어느 것이 더 소중할까요?

어떤 친구들은 용돈이라고 대답할지도 모릅니다. 그러나 대다수의 친구들은 친구가 더 소중하다고 대답할 것입니다. 왜냐하면 용돈은 다 써버리면 또 다시 어머니가 줄 테지만, 소중한 친구는 한번 잃으면 다시 얻기 힘들기 때문입니다.

어때?
극장에서
영화보니까
신나지?
그러게 네 덕분에
우울한 기분이
날아가버렸어.
고마워.

힘들어 할 때 함께 있어주는 것이 친구라는 말이 있습니다.

어렵고 힘들 때 외면하는 친구는 진정한 친구가 아니지요.

그래서 자신이 어려운 처지에 처했을 때 진정한 친구인지, 아닌지 구별할 수 있답니다.

여러분이 친구들에게 진정한 친구가 되어 줄 때 친구들도 여러분에게 진정한 친구가 되어 준다는 것을 잊지 말아야 합니다.

왜냐하면 상대방도 여러분처럼 좋은 친구와 가까이 하려 하기 때문이지요.

상대방을 친구로 만드는 긍정적인 말

친구를 이해해 주는 포근한 말

우정은 성장이 더딘 식물이다.
그것이 우정이라는 이름을 얻으려면
몇 번의 고통을 이겨 내야 한다.

- 조지 워싱턴

관심을 가져 주었다 하더라도
식물은 하루아침에 꽃을 피우지 않습니다.
오랜 시간 변함없는 관심과 사랑으로 돌봐 주었을 때
비로소 줄기를 말아 올리고 꽃을 피우는 것이지요.
친구도 마찬가지입니다.
지속적인 관심과 사랑을 쏟을 때 우정을 꽃 피울 수 있습니다.
때로 서로 의견이 맞지 않아 다툼도 있을 수 있겠지요.
하지만 그때마다 서로 양보하고
이해할 수 있어야 합니다.
이 모든 시련들을 이겨 냈을 때
진정한 친구가 되는 것이니까요.

첫 번째 포근한 말 "괜찮아. 다 이해해."

우리는 종종 뜻하지 않은 실수를 하게 됩니다. 그 실수로 인해 다른 사람들에게 상처를 주기도 하고, 친구들과 멀어지기도 합니다. 이럴 때 실수를 저지른 사람은 너무나 마음이 괴로울 테지요. 그리고 이런 생각에 빠지게 된답니다.

'나 때문에 친구들에게 피해를 주고 말았어.'

'나는 뭐든 제대로 하는 게 없어. 이런 내가 싫어.'

만일 주위 사람들이 위로와 격려를 아끼지 않는다면 더욱 힘들어질 것입니다. 하지만 이때 따뜻하게 위로해 주는 친구가 있다고 생각해보세요. 부모님처럼 그 친구도 나의 마음을 헤아려 준다면 새로운 힘이 솟아날 겁니다. 모두들 나를 곱지 않은 시선으로 바라보는 가운데 나를 감싸주는 친구가 있다는 것은 어떤 마음의 슬픔이나 고통도 견뎌낼 수 있게 해 준답니다.

세상에서 나를 가장 잘 이해해주는 사람은 부모님입니다. 부모님은 나를 낳았고 사랑으로 키워주셨기 때문이지요. 무엇보다 내가 잘 되기를 진심으로 기도하는 분입니다.

하지만 부모님처럼 나를 걱정해주고 사랑해주는 친구,

우주에서 단 하나뿐인 태양처럼 나를 안아주는 친구,

모두들 나를 비난하고 나쁘게 말해도 변함없이 손을 내미는 친구,

이런 친구들은 내가 어떤 실수를 하더라도 다정하게 말할 것입니다.

"괜찮아. 다 이해해."

이 한 마디에 사람들에 대한 두려움과 불안은 지우개로 지운 듯 사라지고 말겠지요.

지금 여러분 주위에 위로를 바라는 친구가 있지는 않나요?

여러분도 친구에게 다 이해해주는 태양 같은 친구가 되어주세요. 다른 사람들은 그 친구를 욕하고 손가락질 하더라도 여러분만은 끝까지 믿어주는 든든한 친구가 되어 보세요.

그리고 봄 햇살처럼 따뜻하게 말해 주세요.

"괜찮아. 다 이해해."

미안해, 내가 그만 장난감을 망가뜨렸어. 난 왜 이러지…….
괜찮아. 네가 일부러 그런것도 아닌데.

민규는 수업을 마치고 집으로 가는 길이었습니다. 친구들과 야구시합 약속이 있어서 마음이 조급했답니다. 그런데 한 할머니가 커다란 보따리를 머리에 지고 가고 있었습니다. 보따리가 무거운지 할머니의 모습은 곧 쓰러질 것처럼 위태로워보였지요. 민규는 그런 할머니를 보자 고민이 되었습니다.

'할머니를 도와드리고 빨리 뛰어갈까?'

'아냐, 그러다가 야구시합에 늦을지도 몰라.'

'아, 어쩌면 좋지?'

그러다 민규는 할머니를 못 본 체 그냥 지나쳤습니다. 민규는 친구들과 야구를 하는 내내 할머니의 모습이 눈에 아른거렸습니다.

그 할머니는 유난히도 민규를 예뻐해 주셨던 외할머니를 닮았다는 생각도 들었습니다.

'야구시합에 좀 늦더라도 할머니를 도와드리고 올 걸…….'

민규는 종종 이런 생각에 잠겨 있었습니다. 그래서 야구시

아, 할머니 일 때문에
경기에 집중을 못한 거구나.
힘내! 나도 네 입장이었으면
그랬을 거야.
다름 아닌 네가
내 입장을 이해해주니
다른 친구의 비난도
참을 수 있을 것 같다.

합은 민규 때문에 상대편에게 지고 말았습니다. 친구들은 민규를 보며 불만을 터뜨렸습니다.

"뭐야? 너 때문에 다 이긴 시합 졌잖아!"

"야구하기 싫으면 오지 말든가! 짜증나게!"

그러나 한 친구만은 아무 말도 하지 않고 민규의 어깨를 두드려 주었습니다. 그 친구의 행동에 민규는 마음이 편안해졌습니다. 그 친구와 함께 집으로 걸어오면서 민규는 아까 있었던 일을 말해주었습니다.

민규는 속으로 '친구가 나에 대해 나쁘게 생각하면 어쩌지?' 하고 걱정했습니다. 하지만 친구는 웃으며 말했습니다.

"내가 네 입장이었어도 그랬을 거야."

그러자 민규는 활짝 웃으며 물었습니다.

"정말? 정말 그렇게 생각해?"

"그럼, 왜냐하면 친구들과의 야구시합 약속을 어길 순 없잖아."

친구는 덧붙여 말했습니다.

"친구와의 약속을 어기는 것도 옳은 일은 아니니까."

민규는 자신도 모르는 이런 말이 흘러 나왔습니다.

“고마워. 이해해줘서.”

집으로 돌아오면서 민규는 자신의 입장을 이해해 주는 친구가 있다는 것에 기뻤습니다. 그리고 자신도 다른 친구가 비슷한 입장에 처한다면 이해해주는 친구가 되리라 다짐했답니다.

세 번째 포근한 말 “사람은 누구나 다 실수해.”

“에이, 또 실수했어.”

“정말 짜증나네. 벌써 두 번째 실수야.”

“너는 매일 실수만 하니?”

“제대로 좀 해봐. 그게 뭐니?”

이렇게 말하면서 자신 또는 상대방을 더 힘들게 하는 사람이 있습니다.

대부분의 사람들은 실수를 하면 스스로에게 화를 내거나 짜증을 내게 되지요.

화를 내는 가장 큰 이유는 다른 사람들은 쉽게 잘하는 것 같은데, 자신만 쉽게 해낼 수 없거나 실패했다는 생각이 들기 때문입니다. 이런 생각에 스스로를 '바보', '멍청이' 라고까지 책망하는 것입니다.

여러분, 아무리 자신이 많은 실수를 하더라도 절대 자책해서는 안 됩니다. 자신을 사랑해줄 첫 번째 사람은 바로 본인이기 때문이지요. 뿐만 아니라 스스로가 자신을 아끼고 사랑하지 않는다면 다른 사람들도 마찬가지겠죠.

그 사람들도 여러분을 함부로 대할 것입니다.

리더십 분야 전문가인 워렌 베니스가 말했습니다.

"만약 자기에게 리더십 비결이 있다면 그것은 가능한 빠른 시간 안에 많은 실수를 하고, 그렇게 해서 그런 실수를 더 이상 저지르지 않는 역량을 갖추는 것 입니다."

또 다른 사람은 실수란 "다른 것들을 할 수 있는 또 다른 길" 에 지나지 않는다고 말했습니다. 이들은 잘 풀리지 않는 일을 통해 뭔가를 배운 것입니다. 그것은 실패가 아니라 그저 한 단계에서 다음 단계로 나아가는 것에 불과했습니다. 실수와 실패는 자신의 부족한 점을 깨닫게 해주는 고마운 스승과도 같습니다. 만일 실수 혹은 실패를 하지 않은 채 계속

세상에 실수와 실패 없는 성공은 없습니다. 실수와 실패를 하더라도 좌절하지 말고 그것을 계단삼아 딛고 일어서면 성공은 좀더 가까워 지는 것이죠.
세계적인 천재 물리학자 아인슈타인 박사님.
난 몰라. 여기서 포기다.

성공한다면 자신의 부족한 점을 깨닫지 못할 테지요. 또 겸손한 마음을 잃어버려 교만함과 자만심으로 가득 찰 것입니다. 결국 훗날 더 큰 실수나 실패로 인해 큰 어려움에 처하게 될지도 모릅니다.

어떤 사람은 실수와 실패에 대해 이렇게 말하지요.

"실수를 하면 남들이 욕하잖아요."

"실패를 하는 내 자신이 부끄러워요."

"실수를 한 사람은 능력이 부족한 사람이에요."

실수 또는 실패를 결코 부끄럽게 생각해서는 안 됩니다.

세상에 실수와 실패 없는 성공은 없기 때문이지요.

발명왕 에디슨과 자동차왕 헨리포드, 노벨물리학상을 받은 아인슈타인도 많은 실수와 실패를 했답니다. 그 때마다 사람들은 그들을 보며 비웃고 비난했지요. 하지만 그들은 결코 부끄러워하거나 좌절하지 않았습니다. 오히려 자신의 믿음을 더욱 굳건하게 해서 실험을 계속했습니다. 그리하여 결국 자신의 믿음이 틀리지 않았다는 것을 세상에 확인시켜주었지요.

'성숙해진다는 것은 다가올 새로운 위기들을 피해가는 것

이 아니라 그 위기들과 당당히 맞서는 것을 의미한다.'

실수와 실패는 자신을 더욱 성숙하게 해줍니다. 그래서 실수와 실패를 부끄러워하기보다 그 속에서 교훈을 찾도록 힘써야 하는 것입니다. 간혹 실수나 실패로 인해 마음이 괴로울 때 스스로에게 이렇게 말해 주세요.

"사람은 누구나 다 실수해."

주위 친구들이 실수했을 때도 다정하게 말해주세요.

"너는 사람이기에 실수한 거야."

"다음에는 반드시 잘할 수 있을 테니, 걱정 마."

실수와 실패를 당당하게 받아들이고 더욱 노력할 때 성공은 여러분에게 다가올 것입니다.

네 번째 포근한 말 "최선을 다했잖아. 힘내!"

모든 일들이 마음먹은 대로 쉽게 이루어지지는 않습니다.

철수는 성적을 올려 보겠다며 친구들과 놀고 싶은 유혹을 뿌리쳐 가며 공부했습니다. 친구들은 자신들과 놀지 않고 책상에 앉아 있는 철수를 놀려댔습니다.

"철수야! 그런다고 기어가는 성적이 뛰어가니?"

"네가 공부한다고 하니 해가 서쪽에서 뜨려나보다."

"평소 안 하던 짓 하면 어떻게 되는지 알지?"

하지만 철수는 이런 친구들의 빈정거림에도 아랑곳하지 않고 공부에 매달렸습니다. 그리고 중간고사 시험이 다가왔습니다. 그런데 시험 당일 최선을 다해 공부했는데도 불구하고 모르는 문제가 많았습니다.

'다시는 내가 공부하나봐라. 쳇!'

철수는 공부하는 시간에 차라리 친구들과 놀았으면 하고 후회했습니다.

키가 작은 경철이는 자주 친구들에게 난쟁이라고 놀림당합니다. 그래서 경철이는 키를 크게 하는 반찬을 많이 먹겠다고 다짐했습니다.

시금치나물, 무김치, 우유, 생선, 된장찌개…….

어느 날부터는 잘 먹지 않던 시금치나물과 된장찌개를 먹는 경철이를 보며 어머니가 말했습니다.

"정말 세상 오래 살고 볼일이야. 호호."

음, 이상하다.
키를 키우려고
노력했는데
별로 크지 않았네.

호호…
키는 갑자기
쑤욱 커지는 게 아니란다.
키 크는데 도움이 되는
음식을 먹고 관리를 한다면
언젠가 키가 부쩍
자라있을 거야.

경철이는 그렇게 먹기 싫어하는 반찬을 먹으며 키가 크기를 기다렸습니다. 그리고 한 달이 지났습니다. 하지만 키는 미세하게 자랐을 뿐 별다른 차이가 없었습니다.

'에이, 뭐야? 키가 별로 안 컸잖아!'

'반찬들을 골고루 먹으면 키가 큰다고 했는데…….'

'짜증나! 앞으로 내가 싫어하는 반찬 안 먹을 거야!'

그 후로 경철이는 자신이 좋아하는 반찬만 골라 먹었습니다.

철수와 경철이는 나름대로 자신의 목표를 이루기 위해 노력했습니다. 철수는 놀지 않고 열심히 공부를 했고, 경철이는 작은 키를 키우려고 반찬을 골고루 먹었습니다. 하지만 그런 노력에도 원하는 결과가 나타나지 않았지요.

그러나 여러분, 지금 당장 자신이 원하는 성과가 나타나지 않아도 너무 실망하지 마세요. 차츰 차츰 성과가 나타날 테니까요. 화분에 물을 준다고 해서 내일 당장 꽃이 피어나는 것은 아니랍니다. 그렇듯이 철수와 경철이의 노력도 시간이 지나면서 서서히 나타날 테지요.

여러분, 혹 주위에 철수와 경철이와 비슷한 친구가 있다면 말해주세요.

"최선을 다했잖아. 힘내!"

"최선을 다하는 네 모습이 멋져 보여."

그리고 최선을 다한 친구의 어깨를 가볍게 두드려 주세요.

다섯 번째 포근한 말 "시간이 지나면 괜찮아질 거야."

"시간이 마음의 상처를 치료 해줄 거야."

친구의 배신이나 험담 등으로 마음의 상처를 입을 수 있습니다. 무엇보다 믿었던 친구가 배신했을 때 느끼는 분노는 상상할 수 없을 정도로 큽니다. 그래서 덩달아 나쁜 마음을 먹곤 하지요.

'앞으로 상대하나 봐라!'

'너를 친구라고 믿었던 내가 미친놈이다!'

'앞으로 네가 얼마나 잘 되는지 두고 보겠다!'

하지만 속으로 자신에게 마음의 상처를 준 친구를 비난한다고 해서 상처가 아물지는 않습니다. 오히려 친구를 향한 미움과 증오만 커질 뿐이지요.

숙희는 오늘 화장실에서 우연히 충격적인 이야기를 들었습니다. 평소 절친하게 지내던 명희가 친구들에게 자신에 대해 험담을 하고 있었던 것입니다.

"숙희 걔, 왜 그런지 모르겠다."

"왜?"

"머리를 며칠 째 안 감았는지 머리에서 냄새 나잖아."

"나도 숙희 옆에 갔을 때 이상한 냄새 나던데……."

"숙희 집 되게 못사나봐."

"그러니까 매일 입었던 옷만 입고 오지."

자신을 욕하는 소리를 들었을 때 숙희는 눈앞이 깜깜했습니다. 화가 치밀어 당장 화장실문을 열고 나갈까 하다가 꾹꾹 참았습니다. 하지만 그 후로 숙희는 명희와 거리를 두었습니다. 명희가 웃으며 말을 걸어도 대꾸도 하지 않았습니다. 그 대신 마음속으로 명희를 향해 비난했지요.

'너는 친구도 아냐! 나쁜 계집애!'

'너한테선 냄새가 안 나는 줄 아니? 냄새가 많이 나거든!'

명희도 자신을 외면하는 숙희를 멀리했습니다. 결국 두 사람은 절친한 사이에서 서먹서먹한 관계가 되고 말았습니다.

난 아직도
그 일을 다 잊을 수
없어.
그 때는 우리가 왜 그랬는지
몰라 ……. 하지만 시간이
지나고 나면 괜찮아질
거야.

숙희는 아직도 명희를 보면 마음속에서 화가 치밀어 오른답니다. 그러나 여러분, 마음의 상처는 단 며칠만에 낫지 않습니다. 길게는 몇 달, 몇 년이 흘러야 상처가 아문답니다. 그 기간 동안 나쁜 기억이 서서히 잊혀지기 때문이지요. 그래서 몸에 난 상처보다 마음의 상처가 더 오래 가는 법이랍니다. 혹시 여러분 주위에 마음의 상처 때문에 괴로워하는 친구가 있나요? 그렇다면 그 친구는 분명 자신에게 상처를 준 친구를 생각하며 증오하고 있을 테지요.

그런 친구를 위해 여러분이 다가가세요. 그리고 이렇게 말해주세요.

"시간이 지나면 괜찮아질 거야."

"시간이 마음의 상처를 치료해줄 거야."

포근한 말 한 마디는 친구에게 큰 힘이 된답니다.

　오늘 열린 반 대항 축구시합에서 명수는 큰 실수를 저지르고 말았습니다. 다름 아닌 상대편 공격수가 찬 공을 막으려다 그만 자살골을 넣고 만 것이지요. 그때 점수가 2 대 2로 비기고 있었기 때문에 친구들의 비난과 야유가 쏟아졌습니다. 어떤 친구들은 참을 수 없는 인신공격까지 해댔습니다.

　"임마! 축구도 못하면서 왜 하냐?"

　"막지 못하면 가만히 있지, 왜 삽질하니?"

　"너 때문에 보기 좋게 졌어. 이제 속이 시원하냐?"

　"생긴 것도 돼지같이 생겨가지고 하는 짓 하고는……."

　명수는 친구들의 비난에 쥐구멍이라도 있으면 숨고 싶은 심정이었습니다. 그러나 명수는 자신의 잘못으로 인해 팀이 축구 시합에 져 미안하지만 한편으로는 억울하다는 생각이 들었습니다. 왜냐하면 축구시합에서 이기기 위해 누구보다 열심히 뛰었기 때문이지요. 하지만 친구들은 명수의 잘못만 알 뿐 이런 숨은 노력에 대해서는 알지 못했습니다.

'나도 나름대로 최선을 다했어!'

축구시합 이후로 명수는 반에서 왕따가 되었습니다. 모두들 명수와 얘기를 하지 않았고 명수가 다가오면 자리를 피했습니다. 명수는 그런 반 아이들이 미웠습니다.

시간이 지나면서 아이들을 향한 미움이 자신을 향한 원망으로 변하고 말았지요. 그래서 자주 이런 생각에 휩싸였답니다.

'나는 왜 그럴까? 축구도 하나 잘 못하고……'

'다른 아이들처럼 제대로 하는 게 없어.'

'정말 학교 가기 싫어. 어차피 학교가면 애들이 괴롭힐 텐데…… 어쩌면 좋지?'

하지만 명수의 마음을 이해해주는 친구가 생겼답니다. 반장인 경덕이었습니다. 경덕이는 말수가 별로 없어 명수와는 평소 친하지 않은 사이였습니다. 하지만 반 아이들이 명수를 놀릴 때 경덕이가 나서서 따끔하게 말했습니다.

"너희들 왜 그러니? 사실 축구시합 때 누구보다 열심히 뛴 사람은 명수야."

경덕이의 말에 아이들은 조용해졌습니다. 경덕이는 이어서 말했습니다.

야! 자살골이 뭐냐! 정말 너무하는 거 아냐!
명수가 자살골을 넣은 것은 상대편 공격수가 찬 공을 막으려다 실수한 거야. 너희들도 알면서 그런 말을 하는 것은 옳지 않아.
나는 왜 이럴까? 축구도 못하고……

"명수가 자살골을 넣은 것은 상대편 공격수가 찬 공을 막으려다 실수해서 그랬다는 걸 너희들도 잘 알 거야. 하지만 지금 너희는 우리 반이 축구시합에서 진걸 명수에게 분풀이하고 있어. 그러고도 너희들이 같은 반이라고 할 수 있니?"

경덕이의 말에 더 이상 아이들은 명수를 따돌리지 못했습니다. 그리고 경덕이는 점심시간에 명수에게 이렇게 말했습니다.

"나도 예전에 너처럼 실수한 적 있어."

그러면서 경덕이는 작년에 야구시합에서 있었던 자신의 실수를 들려주었습니다. 그러자 명수는 자신도 모르게 죄책감에서 벗어날 수 있었습니다.

정말 오랜만에 느끼는 마음의 가벼움이었습니다.

일곱 번째 포근한 말 **"처음부터 잘 할 수는 없어."**
"나는 신이 아니야."

처음부터 다 잘하는 사람은 없습니다. 아기는 처음에 기어다니다가 차츰 걸음마를 배웁니다. 그러다가 뛰는 법도 배우게 되고 자유자재로 행동할 수 있게 되는 것이지요. 그렇듯이 우리는 어떤 일을 할 때 천천히 그 일에 익숙해지게 됩니다. 처음부터 선생님이 설명해주시는 수학 문제를 시원하게 풀 수 없습니다. 축구 선수가 되고 싶다는 마음만으로 뛰어난 축구 선수가 될 수는 없습니다. 목표를 위해 최선을 다했지만 돌아오는 결과는 기대 이하일 수도 있습니다. 하지만 그렇다고 해서 모든 것이 끝난 것처럼 절망해서는 안 된답니다. 그 대신 나는 신이 아니기에 마음먹은 대로 쉽게 해낼 수는 없다고 생각해야 합니다.

친구들 중에 이렇게 푸념하는 친구가 있지요.

"다른 애들은 잘하는데 왜 나만 안 될까?"

"역시 나는 안 되나봐. 또 실패했어."

"이것은 나랑은 맞지 않는 것 같아. 그만 할래."

이런 친구는 다른 친구와 자신을 비교하는 옳지 않은 습관을 지니고 있습니다.

만일 다른 친구가 자신이 하고 있는 분야에서 월등한 실력을 가지고 있다고 가정해보세요. 그렇다면 분명 그 친구는 남모르게 그 분야에서 잘하기 위해 노력을 했을 것입니다.

하지만 여러분은 그 친구의 숨은 노력은 알지 못한 채 자신의 부족한 부분에만 화를 내고 있는 것이지요.

이런 명언이 있습니다.

'평온한 바다는 결코 유능한 뱃사람을 만들 수 없다.'

'한번 실패와 영원한 실패를 혼동하지 말라.'

맞아요. 평온한 바다는 절대 뛰어난 뱃사람을 만들 수 없습니다. 뛰어난 뱃사람은 험한 바다를 수없이 항해해 본 사람만이 될 수 있지요. 뱃사람은 그 누구보다도 용감하고 바다에 대해 잘 아는 사람이니까요.

여러분, 힘든 나머지 그만 포기하고 싶을 때 자신에게 이렇게 말해주세요.

"처음부터 잘 할 수는 없어."

"나는 신이 아니야."

누구나 처음부터 잘할 수 없다는 것을 잊지 말아야 합니다.

또한 신이 아니기에 실수할 수도 있고, 한 번에 성공할 수도 없다는 것도 알아야 합니다.

혹시 친구들이 낙심하고 힘들어할 때도 등을 가볍게 두드리며 말해주세요.

평온한 바다는 결코 뛰어난
뱃사람을 만들 수 없어. 나도 이런
위험한 파도를 오랫동안 이겨내어
지금과 같은 유능한 선장이
된 것이지.

"처음부터 잘 할 수는 없어."

"나는 신이 아니야."

그리고 힘내라는 말도 함께 말이지요.

목표를 이루게 하는 믿음의 말

친구란 당신의 모든 것을 알지만
그럼에도 불구하고 당신을 좋아하는 사람을 말한다.

- 작자 미상

"넌 단점보다 장점이 더 많아."
"왠지 모르게 너랑 친구 하고 싶어."
"나는 너의 단점을 알고 있지만 그래도 맘에 들어."
이처럼 친구는 상대방에 대해 잘 알고 있습니다.
어떤 부분이 마음에 들지 않는지, 나를 화나게 하는지……
하지만 그럼에도 불구하고 상대방을 좋아합니다. 왠지 모르게
끌리는 마음이 생기기에 친구가 되는 것이지요.

첫 번째 믿음의 말 "반드시 잘 될 거야."

사람은 누구나 두려움을 지니고 있습니다.

두려움은 누군가를 처음 만났을 때,

한 번도 해보지 않은 일을 할 때,

한 번도 가보지 않은 곳으로 갈 때,

어떤 중대한 결과 발표를 앞두고 있을 때,

이러할 때 마음속은 두려움으로 가득 차게 되지요. 두려움이 생기는 이유는 혹시 실수하면 어쩌나 하는 생각 때문이랍니다.

'괜히 나 때문에 다른 사람에게 피해주면 어쩌지?'

'다른 사람들에게 실망을 주어서는 안 되는데……'

'아마 내가 잘해내지 못하면 친구들이 나를 놀릴 테지.'

'친구들은 내가 실수했으면 하고 바랄거야.'

이런 생각 때문에 마음은 침착하지 못하고 긴장하게 되는 것입니다. 하지만 이때 든든한 친구가 있다면 큰 힘이 될 것입니다.

"반드시 잘 될 거야."

친구, 내가 과연 저 드래곤을 물리칠 수 있을까?
걱정마! 너는 내가 아는 검사중 최고의 검사니까.

“너는 잘 할 거라고 믿어.”

“네가 아니면 누가 하겠니? 걱정 마.”

이런 말만 들어도 자신감이 생길 테지요.

‘그래, 나는 분명 잘 할 수 있어.’

두려움을 물리치는 것은 자신감이랍니다. 그래서 긴장되거나 두려움이 느껴질 때 ‘할 수 있다!’는 자신감을 가져보세요. 그러면 분명 여러분이 생각하는 대로 잘 할 수 있을 테니까요.

누군가 나를 끝까지 믿어주는 친구가 있다는 것은 정말 행복한 일입니다. 언제나 내 편이 되어준다는 말과 같기 때문이지요. 내가 실수하거나 잘못해도 그 친구는 나를 욕하거나 비난하기보다 오히려 위로하고 격려해줄 테니까요.

여러분이 친구들에게 이런 친구가 되어주세요. 그러면 친구들도 여러분에게 그와 같은 친구가 되어 줄 것입니다. 여러분이 어떻게 하느냐에 따라 친구들도 달라진답니다.

두 번째 믿음의 말 **"너는 단점보다 장점이 많아."**
"세상에 단점 없는 사람이
어디 있니?"

우리는 장점과 단점을 고루 가지고 있습니다. 하지만 단점보다 장점을 더 많이 가지고 있는 사람도 있습니다. 반대로 장점보다 단점을 더 많이 가지고 있는 사람도 있지요.

나의 조카들도 다양한 장단점을 가지고 있답니다.

웃는 모습이 잘 어울리는 귀여운 얼굴이 장점인 인애,

코가 매부리코여서 친구들에게 늘 놀림을 받는 현정,

친구들보다 키가 작아 난쟁이라는 애칭이 붙은 복규,

집중력이 강해 늘 반 일등을 도맡아 하는 동민,

이외에도 찾아보면 다양한 장단점이 있을 겁니다.

장점은 남들에게 자랑하고 싶은 자신의 매력과도 같습니다.

장점이 많은 사람은 사람들에게 많은 인기를 얻기 마련입니다. 그러나 반대로 단점은 감추고 싶은 부끄러운 비밀과도 같지요. 그래서 누군가 자신의 단점을 알게 될까봐 바짝 긴장하며 숨깁니다.

하지만 단점을 감춘다고 해서 언제까지나 감출 수 있는 것은 아니랍니다.

소연이는 허벅지에 커다란 점이 있습니다. 그래서 항상 치마 대신 바지를 입었지요. 치마를 입게 되면 친구들이 허벅지에 있는 점을 보게 될까봐 불안했기 때문이랍니다. 그러던 어느 날 소연이는 무심코 어머니를 따라 목욕탕에 가게 되었습니다. 소연이는 목욕탕에서 같은 반 미선이와 마주쳤습니다. 그 순간 소연이는 얼굴이 발갛게 상기되고 말았지요. 미선이가 자신의 콤플렉스인 허벅지의 커다란 점을 보았다는 생각 때문이지요. 그러나 불안해하는 소연이와는 달리 미선이는 활짝 웃으며 반겨주었습니다.

사실, 미선이는 소연이의 허벅지에 있는 점에는 아무런 관심이 없었습니다. 단지 소연이가 자신의 콤플렉스인 허벅지의 점을 제 스스로 부끄러워했던 것입니다.

단점을 장점으로 변화시키긴 어렵겠지요. 하지만 단점을 감추거나 부끄럽게 여겨서는 안 됩니다.

그 대신 떳떳하게 단점을 드러내 보세요. 그러할 때 그동안 마음졸리며 감춰왔던 단점은 더 이상 단점이 되지 않는답니

미선아 혹시
저번에 목욕탕에서
본 내 허벅지에 있는 점이
이상하지 않았니?
이상하긴 점 안 난
사람이 어디있니?
그런 거 신경쓸 필요 없어.
네가 얼마나 멋진 친구인데.

다. 뿐만 아니라 남들은 아무렇지 않는데 스스로 단점을 콤플렉스로 여겼다는 것을 깨닫게 되지요.

주위를 둘러보면 자신만의 콤플렉스로 고민하는 친구들이 많습니다. 어떤 친구는 고민이 심해 우울증까지 생기곤 하지요. 하지만 이런 친구들도 가까운 친구의 따뜻한 말 한 마디면 고민이나 우울증은 씻은 듯이 사라진답니다.

"너는 단점보다 장점이 많아."

"세상에 단점 없는 사람이 어디 있니?"

이렇게 말하면서 친구의 장점을 세세하게 말해주세요.

그러면 분명 친구는 단점보다 장점에 관심을 가질 테니까요. 자신에게도 장점이 많다는 것을 알고는 기뻐하게 될 겁니다.

세 번째 믿음의 말 "넌 신념이 강해서 꼭 이룰 거야."

혜진이는 매일 늦잠을 잡니다. 그래서 아침마다 어머니와 전쟁을 치룬 답니다.

"혜진아! 얼른 일어나! 지각하겠다!"

아하, 그래서 우리 혜진이가 혜영이 덕분에 점점 더 일찍 일어나게 된 거로구나.
제가 일찍 일어 날 수 있다고 혜영이가 용기를 주니까 왠지 자신감이 생겨요.

"엄마, 딱 일분만 더 자고……."

이렇게 혜진이는 조금이라도 더 자려고 떼를 쓰지요. 그래서 어머니는 혜진이가 지각하지 않도록 깨우기 위해 야단입니다.

제 시간에 등교하는 날보다 수업시작 직전에 교실에 들어가는 날이 더 많았답니다. 선생님도 처음에는 혜진이를 야단도 치고 달래보았지만 이제는 두 손 두 발 다 들었지요.

어느 날 혜진이는 다시는 지각하지 않기 위해 '100일 작전'에 돌입했습니다. 일찍 잠자리에 들고 자명종시계를 두 개나 머리맡에 두었지요. 하지만 다음 날 아침이 되었을 때 혜진이는 전날의 다짐과 각오는 까맣게 잊은 채 다시 이불속으로 기어들어갔습니다.

여느 날과 다름없이 어머니와 한바탕 전쟁을 겪어야 했지요. 처음에는 '100일 작전'이 아무런 효과를 발휘하지 못하는 것 같았지만 시간이 흐르면서 조금씩 등교 시간이 앞당겨졌습니다. 하지만 예전보다 지각하는 횟수가 약간 줄어들었을 뿐 수업 직전에 등교하는 것은 여전했습니다.

혜진이는 차라리 포기해 버릴까 하고 생각했습니다. 그런데 그 날 오후 혜진이는 혜영이의 말 한 마디에 포기하려는 생각을 고쳐먹었답니다.

혜영이가 말했습니다.

"혜진아, 요즘 일찍 자나봐?"

"왜?"

"예전보다 학교에 빨리 오는 날이 더 많아진 것 같은데."

"정말!"

그 순간 혜진이는 '100일 작전'이 늦잠을 자지 않는데 도움이 된다는 생각이 들었지요.

혜진이는 혜영이의 말에 용기를 얻었습니다. 혜영이에게 혜진이는 요즘 자신이 하고 있는 '100일 작전'에 대해 말해 주었지요. 혜진이는 혜영이의 말에 결코 웃거나 하지 않았습니다. 오히려 진지하게 귀담아들어 주었습니다.

오랫만에 혜영이와 이렇게 오랜 시간 동안 대화를 나누었습니다.

혜영이는 혜진이에게 웃으며 말했습니다.

"넌 신념이 강해서 꼭 이룰 거야."

혜진이는 그날 이후로 늦잠 자는 일이 없었습니다. 왜냐하

면 아무리 아침잠이 쏟아져도 자신을 믿어주는 혜영이를 실
망시키지 않기 위해서였지요.

그 후로 혜진이는 혜영이와 더욱 가까워졌답니다. 또 둘은
고민이 있을 때마다 서로 아낌없는 충고와 조언을 해주었습
니다. 이제 반에서 가장 가까운 친구로 지내고 있답니다.

네 번째 믿음의 말 "너를 위해 기도할게."

우리는 어떤 힘든 일을 겪거나 바라는 일이 있을 때 기도합
니다. 우리를 세상에 있게 한 신에게 진심으로 도움을 요청
하는 것이지요. 그래서 기도에는 반드시 진심이 담겨 있어야
합니다. 또한 개인적인 욕심이 아닌 누군가를 위한 바람이어
야 합니다. 그러할 때 신은 우리 힘으로 이룰 수 없는 일을 기
적으로 가능케 한답니다.

영화를 보거나 드라마를 볼 때 종종 기도를 하는 주인공의
모습을 볼 수 있지요. 그럴 때마다 왠지 모르게 가슴이 뭉클
해집니다. 만일 내가 신이라면 그 주인공의 소원을 당장에라

부디, 제 친구가
병을 이기고
건강하게 일어날 수
있도록 해주세요.
친구야, 고마워.
나 힘들지만 꼭
병과 싸워 이겨낼거야.

도 이루어주고 싶은 마음이 듭니다. 이런 마음이 드는 것은 기도하는 사람의 진심이 담겨 있기 때문입니다.

언젠가 세상에서 가장 아름다운 사람은 기도하는 사람이 아닐까 생각했던 적 있었답니다. 그 모습이 너무도 아름답고 향기로웠기 때문이지요. 두 손을 모으고 기도하는 사람의 모습은 언제 봐도 아름답습니다. 자신이 아닌 누군가를 위해 기도하는 사람의 모습은 꽃향기처럼 그윽합니다.

진정한 친구란 나보다 상대방을 위해 기도해주는 사람입니다.

친구가 계획하는 일이 잘 되도록 신께 기도하는 사람,

친구의 건강이 빨리 완케 되어 다시 웃으며 생활할 수 있기를 바라는 사람,

슬픔에 빠져 있는 친구가 얼른 슬픔을 툭툭 털고 일어나 환히 웃을 수 있도록 두 손 모으는 사람,

언제까지나 나와 그 친구와의 우정이 이어지기를 소원하는 사람,

이런 헌신적인 마음을 가슴에 담고 있는 사람이 바로 친구랍니다.

여러분은 좋아하는 친구를 위해 기도해보세요. 기도는 굳이 어떤 목적이나 이유가 있어야만 하는 것이 아니랍니다. 그냥 친구를 위한 진심이 담겨 있는 마음으로 두 손 모으는 것입니다. 누군가 나를 위해 기도해 주는 친구가 있는 사람은 얼마나 행복한 사람인지 모릅니다.

대부분의 사람들은 누군가를 위하기보다 자기 자신을 위한 기도에 익숙해져 있기 때문이지요.

여러분, 주위에 힘겨워하는 친구가 있나요? 그러면 그 친구를 위해 조용히 두 손을 모으고 기도해보세요. 그리고 그 친구에게 힘내라며 이렇게 말해보세요.

"너를 위해 기도할게."

여러분이 자신을 위해 기도한다는 말에 친구는 가슴이 뭉클해질 거예요. 그리고 슬픔을 딛고 일어나 용기를 가질 겁니다.

네 번째 믿음의 말 "실패는 성공을 위해 있는 거야."

영진이네 집 뒤편에는 밤나무가 있습니다. 나뭇가지에는

헤아릴 수 없이 많은 밤들이 달려 있지요. 그러나 영진이는 밤나무를 빤히 쳐다볼 뿐 밤나무에 달린 밤을 딸 생각은 하지 않는답니다.

그런데 며칠 전 밤을 따기 위해 영진이는 긴 나무막대기로 밤나무가지를 내려쳤답니다. 그때 가시로 뒤덮인 밤들이 영진이의 머리와 등에 우박처럼 쏟아졌지요. 영진이는 그날 온몸에 박혀 있는 가시를 빼느라 엄청 고생을 해야했습니다. 다음날 영진이는 밤나무 아래 간밤에 떨어져 내린 알밤을 줍기 위해 서성이고 있었습니다.

"에이, 겨우 세 개 뿐이야?"

영진이는 밤나무에 무수히 매달려 있는 밤을 쳐다보며 투덜거렸습니다.

그때 동네 할아버지가 영진이를 보며 말했습니다.

"이 녀석아, 막대기로 따면 될 거 아니냐?"

영진이는 놀란 투로 대답했습니다.

"안돼요!"

"안되긴, 뭐가 안 돼? 허허."

"제가 막대기로 따다가 가시에 찔렸단 말이에요."

으악, 할아버지!
밤송이 떨어져요.
전 밤송이 가시가 정말
무섭다고요.
이 녀석아.
밤송이 가시를
무서워하면서 어떻게
밤을 딸 수 있겠어!

할아버지는 근처에 널브려져 있는 나무막대기로 밤나무가지를 내려쳤습니다. 순식간에 밤들이 후두둑 떨어져 내렸습니다. 영진이는 멀찍이 떨어져 할아버지를 바라보고 있었지요.

할아버지가 큰 소리로 말했습니다.

"이놈아! 거기 서 있지만 말고 밤을 주워야지."

그제야 영진이는 슬금슬금 밤나무 아래로 와 아무렇게나 떨어져 있는 밤을 줍기 시작했습니다. 할아버지는 밤을 줍고 있는 영진이에게 다가와 말했습니다.

"맛있는 밤을 먹기 위해서는 가시에 찔리는 그 정도의 고통은 감수해야 한단다."

"……."

"만일 밤송이에 난 가시를 무서워 한다면 절대 밤을 딸 수 없을 게다."

"……."

말을 마친 할아버지는 영진이의 머리를 쓰다듬어 주었습니다.

영진이는 집에 돌아와 할아버지가 하신 말을 곰곰이 새겨 보았습니다. 며칠 전 그 사건 이후 밤송이에 나 있는 가시를 너무 두려워했다는 생각이 들었습니다.

'맞아, 맛있는 밤을 먹기 위해서는 가시에 찔리는 정도의 고통은 참을 줄 알아야해.'

이제 영진이는 더 이상 밤나무 아래서 서성이며 밤을 줍지 않는답니다. 그 대신 용감하게 긴 나무막대기로 밤나무가지를 세게 내려치지요.

여러분, 우리가 원하는 일도 밤을 따는 일과 다르지 않습니다.

일이 생각처럼 잘 되지 않고 자꾸만 어긋나더라도 결코 두려워해서는 안 됩니다.

어긋나거나 끝내 실패하더라도 그저 밤을 따기 위해 가시에 찔렸다고 생각해보세요. 그리고 손에 박힌 가시를 빼낸 후 다시 밤을 따면 되지요.

원하는 대로 잘 되지 않을 때 자신에게 말해주세요.

"실패는 성공을 위해 있는 거야."

뿐만 아니라 친구가 좌절할 때도 이렇게 말해주세요.

"실패가 있기 때문에 성공이 있는 거야."

실패가 있기 때문에 성공이 있다는 것을 잊지 말아야 합니

다. 또한 실패가 있기 때문에 성공이 더욱 값지다는 것도 말
이지요.

여섯 번째 믿음의 말 "급하다고 너무 서두르지 마."
"늦었다고 생각할 때가 가장
빠르다는 말도 있잖니?"

급한 일일수록 마음의 여유를 잃지 않아야 합니다. 너무 급
하게 뛰어 가다보면 돌부리에 걸려 넘어지지요.

이와 마찬가지로 아무리 급한 일이 있어도 절대 서두르지
말아야 합니다. 서두르다보면 잘 될 일도 엉망이 되기 일쑤
니까요.

서경이는 평소에는 공부를 하지 않다가 시험이 닥치면 벼
락치기 공부를 하는 버릇이 있습니다. 중간고사 시험이 벌써
사흘 앞으로 다가왔습니다. 그래서 서경이는 급한 마음에 책
상 앞에 앉아 책을 폈습니다.

'어떡하지? 시험이 며칠 안 남았는데……'

으악! 내일이 시험인데
이걸 어떻게 다 공부하지?
큰일이야. 큰일!
서경아 미리미리
공부를 해둬야지.

‘이럴 줄 알았으면 평소에 조금씩 공부해놓을걸.’

이런 생각이 마음속에 가득 찼지요. 마음이 초조한 서경이는 공부가 되지 않았습니다. 그러다 결국 서경이는 중간고사 시험을 엉망으로 보고 말았습니다.

여러분도 서경이와 비슷한 경험을 한 적이 있을 겁니다. 평소에는 느긋하게 있다가 막상 급한 일이 닥치면 발등에 불이 떨어진 것처럼 서두르게 되지요. 이렇게 해서 자신의 실력을 제대로 발휘할 수 있을까요? 절대 그렇지 않을 것입니다.

초조하고 불안한 마음은 뜻하지 않은 실수까지 부른답니다.

여러분, 주위에 시간에 쫓겨 초조해하는 친구에게 말해주세요.

“급하다고 너무 서두르지 마.”

“늦었다고 생각할 때가 가장 빠르다는 말도 있잖니?”

그리고 마음의 여유도 가지라는 말도 함께 말이지요.

가끔 여러분이 친구를 위한 사랑의 채찍도 되어 주세요. 친구가 옳지 않은 습관을 가지거나 행동을 할 때 따끔하게 충고해주는 것이지요. 이것이 바로 친구를 위한 사랑의 채찍이랍니다.

여러분, 평소 미리 계획표를 짜놓고 그에 맞게 실천하는 습관을 들여 보세요. 처음에는 계획표에 따라 실천하다보면 따분하고 갑갑하다는 생각이 들 테지요. 그러나 참고 꾸준히 하다보면 어느새 좋은 습관이 된답니다.

무엇보다 중요한 것은 이런 습관을 가지게 되면 생산적인 생활을 할 수 있다는 겁니다. 시간을 무의미하게 소비하지 않을 뿐 아니라 효율적으로 쓸 수 있으니까요.

일곱 번째 믿음의 말 **"네가 목표를 이룬다면 정말 자랑스러울 거야."**

목표를 이룬 자신의 모습을 상상해보면 기분이 좋습니다.

야구선수가 꿈인 친구는 수많은 관중들 앞에서 홈런을 치는 모습을 떠올려보세요. 의사가 꿈인 친구는 질병으로 고통을 당하는 환자들을 따뜻하게 치료해주는 자신의 모습을 상상해보세요. 가수가 꿈인 친구는 자신을 아끼고 사랑해주는 많은 팬들 앞에서 애창곡을 부르는 모습을 떠올리는 것만으로도 행복할 것입니다. 그리고 이런 생각들도 들겠지요.

‘그래, 나는 꼭 내 목표를 이룰 테다!’

‘꼭 목표를 이뤄서 행복한 삶을 살 테야.’

그래서 성공한 사람들은 이렇게 말한답니다.

“목표를 이루는 일이 힘들게 느껴질 때 목표를 달성한 자신의 모습을 그려보라.”

이미 목표를 이룬 자신의 모습을 그려보면 분명 기분이 좋아져 새 힘이 솟아날 테지요.

여러분, 친구가 목표를 이룰 수 있도록 격려해주고 도와주세요. 친구가 시련을 견디지 못하고 쉽게 포기하지 않도록 자주 용기를 주세요. 자신에게 목표를 이룰 능력이 없다고 생각하지 않도록 자주 ‘할 수 있다’ 고 말해주세요.

친구에게 격려해주는 순간 자기 자신도 격려를 받는다는 것을 깨달을 수 있지요.

이 말에 “그게 무슨 말이에요?” 하고 묻는 친구도 있을 겁니다.

쉽게 설명해볼게요. 여러분이 친구에게 “너는 충분히 목표를 이룰 능력이 있어.” 하고 말한다면 친구의 기분은 어떨까요? 분명 친구의 기분은 좋을 것입니다. 여러분의 격려에 친

친구. 넌 내가 꼭 정상에 오를 수 있을 거라 용기를 주었지. 덕분에 이제 정상에 올랐네.
아니야. 나도 자네와 함께 힘을 내다보니 같이 정상에 오를 수 있었네. 고맙네.

구가 환하게 웃거나 용기를 가진다면 여러분도 기쁠 것입니다. 그 기쁨은 여러분에게도 격려가 되고 용기가 되지요. 그래서 친구에게 사랑을 베풀면 자신에게 사랑을 베푸는 것입니다. 또한 친구에게 아낌없는 격려를 보내면 자신에게 격려를 하는 것과 같은 것이지요.

목표를 이루는 일은 생각처럼 쉽지 않습니다. 그 목표가 무엇이었던 간에 중간에 많은 장애물들이 있으니까요. 하지만 친구가 이런 말을 해준다면 목표를 이루는 데 좀더 힘이 되겠지요.

"네가 목표를 이룬다면 정말 자랑스러울 거야."

진심으로 목표를 이루기를 바라는 친구가 있다는 생각은 큰 힘을 불러일으킵니다. 한 마디로 마음속에 잠자고 있는 거인을 깨우는 것이지요.

여러분, 친구들에게 영원히 기억될 소중한 존재가 되세요.

아무리 오랜 시간이 지나도 우정이 변하지 않는 아름다운 벗이 되세요. 그러기 위해서는 친구를 위해 나를 희생하는 값진 마음이 필요하답니다. 나는 여러분이 친구들의 목표를 이룰 수 있도록 이끌어주는 리더가 되리라 믿습니다.

사랑을 표현하는 예쁜 말

인생에는 수많은 모순이 있지만
그것을 해결하는 것은 사랑뿐이다.

-톨스토이

세상에 완벽한 사람은 단 한 사람도 없습니다.
그렇기에 늘 누군가와 화를 내고 다투게 되지요.
우리는 부족한 존재이기에 수많은 어려움들을 겪습니다.
종종 난관에 부딪혔을 때 절망과 괴로움을 느낍니다.
하지만 이 모든 것을 해결하고 치유하는 힘이 있답니다.
그것은 바로 '사랑'입니다.
사랑이 있기에 하루하루가 희망차고 즐거운 것입니다.

어릴 때 만난 친구가 가장 기억에 오래 남고 관계가 오래 지속됩니다. 그래서 초등학교 때 좋은 친구를 많이 사귀는 것이 중요하답니다. 이때는 인생에서 가장 마음이 순수하고 아름다운 시기입니다. 마치 새벽에 아무도 몰래 내리는 새하얀 눈과도 같습니다.

지금 여러분은 인생에서 가장 중요한 시기를 보내고 있답니다.

앞으로 자신이 어떤 일을 할 건지, 또 어떤 사람이 될 것인지에 대한 꿈도 찾아야 하지요. 성공한 사람들 중 대부분은 어릴 때 자신의 꿈을 찾았던 사람들이랍니다. 어릴 때부터 자신의 꿈을 향해 포기하지 않고 노력했기 때문에 지금의 성공을 이룰 수 있었던 것입니다. 그러나 꿈만큼 중요한 것이 또 있습니다. 그것은 바로 나를 닮은 사람, '친구' 입니다.

어떤 친구를 사귀느냐에 따라 여러분의 인생이 달라질 수도 있답니다. 책임감이 없고 예의범절이 없는 친구와 가까이 한다면 여러분도 그렇게 닮아갈 테지요. 반면, 책임감이 있

우리 어른이
되어서도 늘
좋은 친구가 되자.
물론이야.
오랜 세월이
지나도 우리는 함께
하는거야!

고 성실하며 어른을 공경할 줄 아는 친구들과 가까이 한다면 역시 여러분도 그 친구들을 닮을 것입니다.

여러분은 학교에서 돌아오면 학원이나 교습소로 달려갈 겁니다. 그래서 어쩌면 친구들을 사귈 수 있는 시간적 여유가 없는지도 모르지요. 하지만 친구는 시간적 여유가 많아야 사귈 수 있는 것은 아니랍니다. 어느 곳에 있어도 상대방을 위한 따뜻한 마음 한 조각만 잊지 않는다면 친구로 변화시킬 수 있습니다.

여러분 곁에는 오래도록 잘 지내고 싶은 친구들이 있을 겁니다. 중학교도 같은 곳에서 함께 다니고 싶고 어른이 되어도 자주 만나고 싶은 친구가 있을 테지요.

이런 친구에게 여러분의 마음을 전해보세요.

"지금처럼 앞으로도 잘 지내자."

"어른이 되어도 우리 좋은 친구하자."

이 한 마디는 친구의 마음을 뭉클하게 해줄 것입니다. 이 말 속에는 언제까지나 함께 하자는 '약속'이 깃들어 있기 때문이지요. 무엇보다 이런 말을 친구에게 자주 한다면 그 친구도 여러분을 가장 소중한 친구로 기억할 것입니다. 그리고 오래도록 그 친구와 깊은 우정을 나눌 수 있을 테지요.

두 번째 예쁜 말 **"넌 참 웃는 얼굴이 예뻐."**
"넌 웃을 때 꽃보다 더 예뻐."

사람은 누구나 웃을 때 가장 예쁩니다. 얼굴에 가득 번진 미소는 꽃보다 더 사랑스럽습니다. 웃을 때 사랑스럽지 않은 사람은 단 한 사람도 없을 겁니다.

'웃는 얼굴에 침 못 뱉는다.' 는 말도 있지요.

이처럼 웃음은 다른 사람으로 하여금 함부로 하지 못하게 하는 힘도 지니고 있답니다.

기분이 좋지 않거나 괜스레 슬플 때 억지로라도 방긋 웃어 보세요. 거울을 보며 억지로라도 웃다 보면 어느새 꿀꿀한 기분은 새처럼 날아가 버릴 테니까요.

요즘에는 '웃음요법' 이 많은 환자들에게 사랑 받고 있습니다. 독한 약을 쓰기보다 그야말로 웃음으로 환자들을 치료하는 것이지요.

우리 몸에선 웃을 때 몸의 면역을 높일 수 있는 엔돌핀이라는 호르몬이 분비된답니다. 이 호르몬은 몸에 침입한 세균을 억제하고 활성을 막습니다. 그래서 잘 웃는 사람은 질병에도 잘 안 걸리고 장수한답니다.

이외에도 웃음은 우리에게 많은 선물을 줍니다. 내가 웃으면 상대방도 덩달아 웃게 만들지요. 그리고 웃을 때 기분이 좋아지고 마음도 행복해집니다. 오늘은 왠지 좋은 일이 생길 것 같은 예감도 들지요. 그래서 더 행복한 마음으로 공부를 할 수 있고 자신의 일을 할 수 있답니다.

웃는 얼굴이 아름다운 친구,

웃을 때 하얀 치아가 드러나는 친구,

웃을 때 '하하!' 큰 소리로 웃는 친구,

웃을 때 목젖이 보이는 사랑스러운 친구,

이런 친구들에게 이렇게 말해주세요.

"넌 참 웃는 얼굴이 예뻐."

"넌 웃을 때 꽃보다 더 예뻐."

꽃보다 더 예쁘다는 여러분의 말에 친구는 너무나 행복할 테지요. 정말 친구의 마음은 한 송이의 아름다운 꽃이 될 것

넌 참 웃는 얼굴이 예뻐!
맞아! 꽃보다도 예뻐!
정말? 하하

입니다. 또한 친구를 예쁘게, 사랑스럽게 생각하는 여러분 역시 꽃을 닮았습니다.

친구와 좋은 사이를 유지하기 위해서는 종종 친구의 예쁜 모습을 칭찬해줄 수 있어야 하지요. 자신을 사랑스럽게 생각해 주는 친구와 가까이 하고 싶은 마음은 누구나 똑같기 때문입니다.

세 번째 예쁜 말 "네가 있어 든든해."

우리는 부모님을 생각하면 마음 한 구석이 따스해집니다.

부모님은 자식이 아무리 힘든 부탁을 해도 들어주시지요.

그래서 우리는 부모님을 생각할 때 마음이 든든하게 느껴지는 거랍니다.

부모님처럼 친구가 곁에 있다면 얼마나 든든할까요?

내가 어려운 일을 당했을 때 선뜻 나서서 도와주는 친구,

다른 아이들이 나를 못살게 굴고 괴롭힐 때 혼내주는 친구,

함께 운동을 하거나 가까운 공원에서 산책으로 우정을 다

왜! 이유없이
재석이를 괴롭히니?
계속 그러면 친구인
내가 너희들을 용서
하지 않을 꺼야.

훈이야,
고마워······.

지는 친구,

이런 친구는 굳이 말하지 않아도 나의 마음을 헤아려주지요.

그래서 다른 친구들보다 마음이 더 편하고 정감이 가게 마련입니다.

여러분에게 이런 친구가 있나요? 이렇게 말하는 친구들도 있을 테지요.

"제겐 그런 친구가 없어요!"

"그런 친구가 있다면 정말 좋을 텐데……."

상대방이 먼저 나에게 다가오기만을 기다려서는 안 된답니다.

만일 상대방이 먼저 나에게 다가오기를 바란다면 친구를 사귈 수 없지요. 상대방도 여러분과 마찬가지로 자신에게 먼저 다가오기를 기다리고 있을지도 모르기 때문이에요.

여러분이 먼저 친구들에게 다가가 마음을 나눌 수 있는 친구가 되어주세요. 그러면 자연히 그 친구도 여러분에게 든든한 친구가 되어줄 테니까요.

여러분의 노력에 따라 얼마든지 좋은 친구를 많이 사귈 수 있습니다. 상대방에게 작은 관심을 가져주고 배려해주려 애

쓸 때 친구가 되는 것입니다.

여러분은 종종 친구들에게 도움을 받는 일이 있을 것입니다.

그때 도움을 베푼 친구들의 고마움을 가볍게 생각해서는 안 된답니다. 꼭 친구에게 진심이 담긴 마음으로 고마움을 표시해보세요.

"네가 있어 든든해."

이렇게 말하면 그 친구는 앞으로 여러분에게 더 많은 도움을 주려고 할 것입니다. 여러분에게 큰 도움이 되었다는 것을 깨달았기 때문이지요. 무엇보다 여러분은 그 친구를 든든한 친구로 생각하고 있으니까요.

누군가에게 자신이 든든한 믿음을 줄 수 있다는 것은 행복한 일입니다.

네 번째 예쁜 말 **"정말 고마워."**
"넌 천사야."

연아는 며칠 전 학교 앞 문방구에서 인형을 사기 위해 일주일치 용돈을 전부 가져갔습니다. 어머니가 한꺼번에 주신 일주일치 용돈이었습니다. 그런데 학교에서 어머니가 주신 용돈을 잃어버렸습니다. 연아는 책상이며 주위를 샅샅이 찾아보았습니다. 그러나 아무리 찾아봐도 돈은 보이지 않았지요.

'어떡하지? 인형도 못 사고…….'

'당장 내일부터 용돈 없이 지내야 하는데……. 또 엄마한테는 뭐라고 말하지?'

얼굴이 발갛게 상기된 연아는 마음이 복잡했습니다. 선생님께 말씀드리려다 일이 커질 것 같아서 생각을 바꿔 말씀드리지 않기로 했습니다.

연아는 용돈 없이 이틀을 보냈습니다. 다른 아이들이 떡볶이와 핫도그를 사먹을 때 침만 삼키며 구경해야 했지요. 그럴 때마다 자신의 돈을 가져간 범인이 죽도록 미웠습니다. 만일 범인을 잡게 되면 혼내주겠다고 생각했습니다.

그런데 다음 날 기적 같은 일이 일어났답니다.

같은 반인 민영이가 교실 청소를 하다가 연아가 잃어버린 돈을 발견했던 것입니다. 민영이는 이미 연아가 용돈을 잃어버렸다는 것을 알고 있었기 때문에 연아에게 주운 돈을 돌려

연아야,
너 돈 잃어버렸었다고 했지?
내가 청소하다가
발견한 돈이 네 돈인가봐.
맞아.
정말 고마워.
넌 내게 천사야.

주었습니다.

연아는 민영이에게 돈을 건네받는 순간 눈에서 눈물이 뺨을 타고 흘러내렸습니다.

나쁜 마음을 먹으면 충분히 가로챘을 수도 있었을 테지요.

하지만 민영이는 선뜻 연아의 돈을 돌려주었고, 연아는 그 마음이 너무나 고마웠습니다.

연아는 돈을 돌려 준 민영이에게 말했답니다.

"정말 고마워."

"넌 천사야."

연아의 말에 민영이는 귀엽게 웃기만 할 뿐이었습니다. 하지만 민영이는 마음속으로 너무나 기뻤습니다. 평소 연아와 친하고 싶었지만 가까이 다가갈 계기가 없었습니다. 하지만 이 일로 인해 연아로부터 고맙다는 말을 들어서, 내색은 하지 않았지만 마음은 무지 행복했지요.

연아가 행복한 표정을 짓고 있을 때 민영이가 말했답니다.

"연아야, 네가 돈도 주워줬으니까, 오늘 수업 끝나고 내가 떡볶이 살게."

그 후로 민영이와 연아는 절친한 사이가 되었습니다.

　고마움을 담은 말들이 둘을 친한 사이로 만들어주었던 것
입니다.

　함께 있으면 왠지 기분이 좋은 친구가 있습니다.

　그 친구의 외모가 특별히 멋있거나 예쁜 것도 아니고 딱히
특별한 것도 없는데도 말이지요.

　여러분에게도 이런 친구가 있을 거예요.

　주위에 있는 친구들을 떠올려 보세요.

　함께 이야기를 하거나 음악을 들을 때,

　함께 공부를 하거나 동화책을 읽을 때,

　학교 갈 때와 집으로 돌아올 때도 함께 걸으면 기분이 즐거
운 친구,

언뜻 생각해보면 기분이 좋은 이유를 찾을 수 없지요. 그러나 조금 더 깊이 생각해보면 그 이유를 알 수 있답니다. 그것은 바로 그 친구와 내가 마음이 통하기 때문입니다.

마음이 통한다는 말은 그 친구가 마치 나의 또 다른 나와 같다는 뜻이지요. 서로 얼굴 표정이나 눈빛만 봐도 이 친구가 무슨 생각을 하는지 알 수 있습니다.

그래서 그 친구와 함께 있어도 거부감을 느끼기는커녕 오히려 더 편안하고 즐겁기만 한 것입니다.

'친구와 함께 있을 때 느껴지는 편안함, 기쁨, 행복함……'

이런 마음을 혼자만 느끼기보다 친구에게 표현해보면 어떨까요?

"너와 함께 있으면 왠지 기분이 좋아."

"너와 함께 있으면 왠지 마음이 편안해."

이렇게 말한다면 그 친구는 분명히 기뻐할 것입니다.

여러분이 자신과 함께 있을 때 편안하다면 분명 그 친구도 여러분과 함께 할 때 기분이 좋고 마음이 편안할 테니까요.

이런 긍정적인 마음은 혼자 느끼기보다 나누어 공감하는 것이 더 좋습니다. 그래야 서로에 대해 좀 더 깊이 알 수 있기

나도 마찬가지야.
너와 함께라면
무엇을 하던 다
재미있고
기분이 좋아!
너와 함께
그네를 타니
정말 기분이 좋아!

때문이지요. 뿐만 아니라 뜻하지 않게 생기는 오해도 미리 방지할 수 있구요.

좋은 친구에게서 느끼는 좋은 감정은 혼자만 느끼기에는 너무나 아깝다는 생각이 듭니다. 그런 좋은 감정을 들게 해준 친구에게 표현 한다면 그 친구도, 여러분도 함께 기쁠 테니까요.

여섯 번째 예쁜 말 "내가 도와줄게." "내가 있잖아."

친구가 없는 사람은 세상에서 가장 불행한 사람입니다.

또한 세상에서 가장 외로운 사람이기도 합니다.

신은 세상 모든 곳에 있을 수 없어서 우리에게 친구를 선물로 주었답니다. 친구가 신을 대신해서 우리를 보살피고 보호해주라는 뜻에서 말이지요. 그래서 친구는 언제나 우리에게 큰 힘이 되어줍니다.

친구를 함부로 대하거나 하찮게 여기는 사람은 결코 행복

진정한 친구와의 우정은
그 무엇과도 바꿀 수
없는 큰 보물입니다.
그것은 여러분이 힘들 때
용기를 주며, 외로울 때 의지가
되며, 훗날에는 추억까지
공유할 수 있는 귀한 것
이기 때문입니다.

한 인생을 살 수 없습니다. 이런 사람의 주위에는 진정한 친구보다 가식적인 친구가 더 많을 것입니다. 가식적인 친구에게선 결코 마음의 위안을 받을 수 없지요. 그들은 자신들에게 이익이 돌아가지 않는다면 언제든 등을 돌릴 친구이기 때문입니다.

친구를 새로 사귀기는 쉽습니다. 하지만 친구와의 우정을 오래도록 유지하는 것은 많이 어렵답니다. 늘 한결같은 마음으로 친구를 위해주는 마음이 있어야 하기 때문이지요. 또한 자기만 생각하는 이기적인 마음으로는 친구와의 우정을 쌓을 수 없습니다.

다음은 가슴 깊이 새길만한 친구에 관한 명언이랍니다.

친구를 얻을 수도 있다. 그러나 실천으로 친구를 보호하고 지켜야 한다.

- 펠담

속마음을 나눌 수 있는 친구만이 인생의 역경을 헤쳐 나갈 수 있는 힘을 제공한다.

-그라시안

나보다는 상대방을 생각하는 우정, 이러한 우정은 어떠한 어려움도 뚫고 지나간다.

-G.무어

친구를 오래도록 사귈 수 있는 방법이 있습니다.

그것은 다름 아닌 나보다 먼저 친구를 위해주는 것입니다.

또 친구에게 어떤 어려움은 없는지, 외로워 하지는 않는지 생각해 주는 세심한 보살핌이 필요하지요.

그리고 무엇보다 친구가 어려운 곤경에 처했을 때 나 몰라라 하지 않는 것입니다. 다른 사람들이 등을 돌리거나 외면할 때 선뜻 나서서 도움의 손길을 줄 수 있어야 합니다.

주위에 곤경에 처한 친구가 있다면 절대 외면하지 마세요.

그 친구를 도울 수 있는 방법을 찾아보세요.

"내가 도와줄게."

"내가 있잖아."

도움을 받은 친구는 평생 여러분의 고마움을 잊지 않는답니다.

그리고 그 친구도 자신이 받은 고마움을 여러분에게 돌려주기 위해 노력할 테지요.

소중한 친구와의 우정은 이렇듯 작은 관심과 사랑으로 지켜나갈 수 있답니다.

긍정적인 말의 비밀

우리는 하루에도 수많은 말을 하며 살아갑니다. 말속에는 자신의 감정과 진심이 담겨 있습니다. 때문에 어떻게 말하느냐에 따라 사람들에게 사랑을 받기도, 외면당하기도 합니다. 그런데 대부분의 사람들은 말을 할 때 신중하지 않습니다. 자신이 하는 말이 상대에게 어떤 감정이 들게 하는지 알지 못하는 경우가 많지요. 종종 이런 신중하지 못한 말로 인해 오해를 불러일으켜 말다툼으로 이어지곤 합니다.

"나는 너를 믿어. 분명 잘 해낼 거야."

"네가 내 친구라는 게 정말 자랑스러워."

이처럼 어떤 사람은 상대의 마음을 기쁘게 하고 용기를 주는 긍정적인 말을 합니다. 이런 말을 듣는 사람은 자신을 믿어주는 사람이 있음에 큰 힘을 얻을 테지요.

그러나 부정적인 말을 들으면 어떨까요?

"네가 뭘 할 수 있겠어? 지난번에도 실패했잖아."

"네가 내 친구라는 사실이 정말 부끄러워."

이런 부정적인 말속에는 가시가 숨어 있습니다. 그래서 상대의 마음을 찔러 아프게 하지요. 뿐만 아니라 용기를 꺾어 의욕이 사라지게 합니다. 이런 말을 좋아하는 사람은 아무도 없습니다. 따라서 이런 말을 계속한다면 주위 친구들에게 외면을 당할 테지요.

고운 말, 긍정적인 말을 하는 사람은 그 마음도 아름답습니다. 뿐만 아니라 그 아름다움은 다른 사람에게까지 전염이 되지요. 그리하여 결국 힘이 되는 말 한 마디로 인해 세상은 아름다운 한층 더 향기 나는 세상이 될 것입니다.

저는 이 책이 어린이들의 마음속에 긍정의 뿌리를 내릴 것임을 믿습니다. 말씨와 마음씨 모두 햇빛을 닮아 사람들에게 용기와 희망을, 기쁨과 행복을 선물할 것입니다.

이 책은 상대의 닫힌 마음을 열고, 절망을 희망으로 바꾸어줄 것입니다. 상대에게 용기를 북돋아주고, 존경과 감사를 표하고, 서로 조화로운 관계를 형성할 수 있는 가장 지혜로운 방법을 담고 있습니다.

자, 이제부터 마법처럼 신비로운 '긍정적인 말의 비밀' 속으로 떠나볼까요?